新 潮 文 庫

黒雪姫と七人の怪物

最愛の人を殺されたので黒衣の悪女になって復讐を誓います

太 田 紫 織 著

新 潮 社 版

11984

目次

登場人物

アナベル＝ローズ・ヴァーンベリ

禁じられた「黒衣」を身に纏い、
復讐を誓う元伯爵夫人。

シロ

とある理由で北の公国に逃げてきた
元従僕《フットマン》。

オーブリー

妙に貴族然とした
謎多きアナベルの執事。

ヴィクトリア

「聖処女《スノー・ホワイト》」と褒めそやされる、
国民人気の高い北の公国の第二公女。

ヴィクター・フランクストン

男爵であり医師。
最愛の妻と息子の死に憔悴している。

その金の懐中時計は、裏に刻まれた『V』のイニシャルを、乾いた血でくっきりと黒く浮かび上がらせていた。

時間の刻み方を忘れた時計は、持ち主の熱を失ってひんやりと冷たい。

硝子《ガラス》にひびが入ったソレを見下ろし、漆黒のヴェールとドレスに身を包んだ貴婦人は、握りしめた拳《こぶし》を口元に押し当て、声を上げずに泣いていた。

悲しみに——或《ある》いは『憎悪《ぞうお》』、或いは『憤怒《ふんど》』で。

喉《のど》の奥からせり上がるような嗚咽《おえつ》を必死に押し殺すのは、慟哭《どうこく》ですら『彼』だけに捧《ささ》げたかったからだ。

喜びに音を、笑顔に光を、幸せに輪郭を。愛《いと》おしいという気持ちの色を教えてくれた人が、彼女に最後に教えたのは血の腥《なまぐさ》い赫《あか》。

内側から引き裂かれるような痛みを教えてくれたのは、愛する人の首だった。

そして弔うことを赦《ゆる》されぬその顔を、時間がどうやって削り取っていくのかを——。

時計の横には七枚の重ねられた写真があった。

それを束ねるのはナイフ。

鋭い刃《やいば》が、写真の主《あるじ》の顔を貫いている。

貴婦人はできることなら本当に、その顔にナイフを突き立ててやりたいと思っていた
──いいえ、やらなければ。

覚悟と怒りで握りしめられた手。そのまだ行き場のない激情は、自らの爪《つめ》で掌《てのひら》を穿《うが》ち、指先からひたひたと血がしたたり落ちていたが、痛みなど気にならないほどに、彼女の心は傷ついていた。

そんな貴婦人を見かねたように、一人の紳士が彼女の手をとると、優しく開かせハンカチを押し当てる。

「君まで傷ついてはいけない。忘れなさい」

痛ましげに、諭すように紳士が言った。

が、貴婦人は俯《うつむ》いたまま答えず、なにかを呟《つぶや》いた。

「…………」

紳士が顔を顰《しか》めた。

その呟きをよく聞けば『許さない、全員殺してやる』と狂気じみた怒りの言葉の繰り返しだったのだ。

「赦して忘れる方がずっと難しく、崇高だ。そして君は賢く気高い女《ひと》だ、そうだろう？　復讐《ふくしゅう》など考えてはいけない。そんなものは、物事の足し引きが出来ない愚か者のすることだ」

「足し引きなんて……貴婦人がドレスを仕立てる時に値段を気にするとでも？」

貴婦人が微《かす》かに口元を笑みの形に歪《ゆが》める。

彼は貴婦人の頬を手で包むようにして、上を向かせた。

黒いヴェールの奥の瞼《まぶた》は腫《は》れ、瞳《ひとみ》は涙で真っ赤に染まっている。

「忘れなさい。復讐は砂糖菓子でも宝石でもない。それはけして君を幸せにはしない」

言い聞かせるように殊更《ことさら》に優しく紳士が言った。

けれど逆効果とでも言うように、貴婦人はキリと怒りに唇を噛《か》み、その形良い下唇に赤い血を滲《にじ》ませた。

「もうわたくしの幸せは死んだ。絶対に許さない。一人たりとも」

「だとしても、君は善良な女だ」と紳士は言った。

「だとしたら、その方も、あの人と一緒に殺されてしまったのでしょう」と、貴婦人は答え、紳士の手を振り払った。

「怒りこそがわたくしの本分。そして破壊と略奪がわたくしの領分」

貴婦人は写真を貫いたナイフを引き抜く。

「ああ、蓋《けだ》し天に住まわる方々が『善』ならば、地上に遺《のこ》されたわたくしこそが、この世の『悪』となりましょう」

そう言って復讐の黒い貴婦人は、闇《やみ》を裂いた三日月のように——或いは開いた傷口のように赤々と微笑《ほほえ》んだ。

最愛の人を
殺されたので
黒雪姫と
七人の怪物
黒衣の悪女になって
復讐を誓います

01:Domina Ex Coemeterium
——或いは墓場の貴婦人

I

誰かに触れられたような気がして目を覚ますと、そこは知らない天井の下で、更にいうなら立派な寝台の上だった。

あたたかく柔らかい毛布――黴《か》びた臭《にお》いも、饐《す》えた脂《あぶら》の臭いもない、清潔で上等な毛布。

ぱりぱりの白いシーツからは、かすかにラベンダーの香りがする。

意匠を施された天井も調度品も高価なものだ。自分が場違いな場所にいるのは明白で、はっとしたもののそのまま飛び起きれなかったのは、力んで力を入れた腹が痛かったからだ――手で触れると、きちんと包帯が巻かれて手当てされていた。

幸い傷の辺りを指でなぞっても、ひりつくような痛みはない。

痛むのはもっと奥、まだ完全に治りきっていない表皮の下の部分だ。

「一晩以上、経《た》ってる……？」

呟いた少年――シロは、ほっとすると同時に困惑した。

人の気配がした気がしたけれど、室内はシロ一人。

けれどサイドテーブルにはまさに今淹《い》れたばかりというように、紅茶が湯気を上げている。

「……どうして？」

思わず独りごちた。

確か自分は深夜の墓地で、場違いな黒いドレス――おそらく喪服姿の貴婦人に出会い、その隣にいたメイドに腹を刺された。

咄嗟《とっさ》に回避できたから腹で済んだが、メイドは確実にシロの心臓か首を狙《ねら》っていた――間違いなくシロを殺そうとしたのだ。

だのに何故《なぜ》、自分はこんな豪奢《ごうしゃ》な部屋で寝かされているのだろう？

腹の傷が痛まないよう、できるだけそろりと寝台から抜け出して、窓に近づいた。

「………………」

それなりに大きな屋敷《タウンハウス》だ。温室と、白いクリームをかぶったように雪の積もった庭。庭の向こうには街並みと、更に山の方にはシロが暮らしていた墓地の横、教会の尖塔《せんとう》が見えている。

ますます混乱して、シロはそのままずるずると床に膝《ひざ》を突いた。

暖炉の火は赤々と燃え、量を惜しまずに骸炭《コークス》が焼《く》べられている――まるでシロを歓迎していように。

「本当に、いったいなんなんだよこれ……」

少なくとも、自分は歓迎されるような身分ではないのだ。

しかも俺を殺そうとしたじゃないか――頭を抱えてからシロは空を見上げた。空の色だけは、故郷の色と変わらない。

けれど目を伏せたシロの脳裏を過《よぎ》ったのは懐《なつ》かしい故郷の空ではなく、夕べ出会ったあの貴婦人のことだった。

「……『黒』を着ていた」

喪服と思《おぼ》しきドレス。この国では禁じられた黒いドレス、黒いヴェールの隙間《すきま》から一瞬見えた顔――シロにとって、この世で一番美しい女性は母だった。

けれどあの時見た貴婦人は、母よりも艶《つや》やかな銀糸の髪、形の良い唇と、なにより輝くような紫色の瞳をしていた。

「………………」

もう一度、今度は明るい場所で彼女を見たいと思ったけれど、よく考えればシロは彼女に殺されかかったのだ。

やっぱりこんな所に――北の公国なんかに来るんじゃなかったと、シロは静かに溜息《ためいき》を洩《も》らした。

II

シロは西の国で生まれた。

東西南北に中央を加えた五国の中で、一番歴史の古い西の国はどこよりも格式と血統を強く重んじ、故《ゆえ》に身分が即《すなわ》ち法であった。

シロの母親は元は貴族の娘だったというが、よくない男に騙《だま》されて家を飛び出した後、捨てられてそのまま堕《お》ちて、落ちぶれて、生きるためには春をひさいで暮らすより他なかった。

ごく薄い色の金髪、青い瞳、ぽってりとした唇――彼女はとても美しかったが、身を粉にして働けるような、知識も術《すべ》も持っていなかったのだ。

そうして元々あまり丈夫ではなかったところに赤子を身籠《みご》もり、それでもなんとかかたどり着いた、『路地裏』の長屋の一室で男の子を産み落とした後、そのまま体を壊して床からほとんど起き上がれなくなってしまった。

けれど優しく純真で、いつまでも少女のような彼女のことを、同じ長屋の住人は哀れに思ったのだろう。

一人の老婆《ろうば》が彼女に糸紡《いとつむ》ぎを教え、そして男の子を実の孫のように厳しく、そして愛情を注いで育てた。

やがて男の子が物心つくころには、母親に似て穏やかな気性、そして母親とは違い丈夫で力自慢になった。

六歳にもなれば大人の男と同じどころか、もっと重い物を軽々と持ち上げるようになった。

そんなシロを長屋の大人たちはたいそう可愛《かわい》がって、読み書きを教えたり、身分の高い人に従う作法を教えてくれた。

物覚えもよく、素直で健康で勤勉で、なにより母親譲りの容姿の良さは、男性従僕として好まれる。

そしてみな気が付いていたのだ、シロの可哀想《かわいそう》な母親が、そう長くは生きられないことを。

皆が思っていたとおり、シロの十歳の誕生日を待たずに母親は逝《い》き、シロはかつてお屋敷勤めをしていたという長屋の住人の伝手《つて》で、よいお宅に奉公に出た。

一番下《した》っ端《ぱ》の雑用係だったものの、シロは本当によく働いたし、旦那《だんな》様に気に入られ、猟にお供したり、ペイジ・ボーイとしてご一家にお仕えした。

善良で優しいご一家に熱心にお仕えし、やがて十五歳になる頃には、上から三番目のフットマンに召し抱えられた——まではよかった。

うららかな秋の日だった。

ご一家揃《そろ》ってご領地から首都へと出かける日の朝、馬車馬が暴れた。

大きな虻《あぶ》に驚いたのだ。

一家のご長女は馬が好きだった。

その日もお嬢様はいつでも時間のかかる母の支度を待ちながら、馬をスケッチしていた――ところに、興奮した暴れ馬が跳ねるように向かっていた。

シロはご一家のことが好きだった。

中でも旦那様を敬愛していた。

そんな旦那様がいっとう可愛がっているお嬢様だ。シロの体が咄嗟に動いた。

シロには性分があった。体質と言うべきか――昔からの。

お嬢様を庇《かば》い、自ら暴れ馬の前に身を投じたシロは、我が身を顧みずにお嬢様を救った。

馬に蹴《け》られて容易《たやす》く死ぬ者もいる。あの大きくてしなやかな脚に蹴られれば、人間の骨など簡単に砕けてしまうのだ。

興奮に我を失った馬は容赦しなかった。

馬に蹴られ、シロは死んだと誰もが思ったのに、彼はそれどころか馬よりも強い力で、馬を押さえつけたのだった。

それは異様な光景だっただろう。

お屋敷で健やかに成長していたとはいえ、十五歳の少年が、素手で暴れ馬を取り押さえているのだから。

お嬢様は無事だった。

馬も次第に冷静さを取り戻し、怪我《けが》をしないで済んだ。

そしてシロも無事だった。

数本骨を折りはしたものの、その怪我も二、三日で癒《い》えてしまった。

シロは昔から怪力だった。そしてどんな傷も数日の間にたちまち癒えてしまった。

普通なら命を落としてしまうような大怪我でも――いや、むしろ酷《ひど》い怪我であればある程、異様な速度で回復してしまう。

ご一家はお嬢様の命の恩人であるシロに、感謝よりも恐怖を抱いた。

シロに命を救われたお嬢様ですら、シロを怖《おそ》れた。


――おまえ、怪物のようよ。

いつも笑顔の愛らしいお嬢様が恐怖に顔を歪め、震える声で言ったのを、シロはこの先も忘れられないだろうと思った。

そこから『きっと悪い物が憑《つ》いている』と村の教会に連れて行かれ、鞭《むち》で打《ぶ》たれ、更に首都から大変偉い神父が来るとまで聞いて、シロは教会を、村を、そして国を逃げ出した。

行き先も知らないまま飛び乗ったのは、遠い遠い北の公国に向かう船だった。

シロの母は北の公国が好きだった。

何故なら母の話では、シロの父は北の公国の貴族なのだという――尤《もっと》も、それを信じているのは、シロの母親だけだったが。

それでも父という人は、母に海の向こうの遠い国のことを教えてくれた。

五公国の中で唯一《ゆいいつ》代々女性が統治している珍しい国で、そして更に冬には美しい『雪』が降るという。

西の国でも年に一度二度、ちらほらちらつくことはあるが、北の公国ではそれがうずたかく積もるのだそうだ。

自然が厳しいから、時には身分を超えてお互いに助け合うのが普通だというし、西と違って身分より絆《きずな》や縁、恩情を尊《たっと》ぶ。そうしなければ生きられない土地だから。

だからきっと、母のことも受け入れてくれるだろうと、父という人は言った。

一度母のことを家族に伝えると言って――案の定、父はそのまま、二度と母の元に戻ってこなかった。

母は騙されたのだ。疑うべくもないほどに。

母は自分に何かあったら、父を頼れと言っていたが、絶対にそんな場所に行くまいと思っていた。

それがこんなことになるなんて……。

それでもシロに後悔はなかった。あのままお嬢様を見捨てていたら、確かに屋敷を追い出されはしなかっただろうが、ご一家は悲しみに沈んでいただろう。

苦しむ彼らに仕えるよりはいい、ずっといい――シロはそういう優しい少年だった。

それに雪景色を求めて、冬の間だけ北の公国を訪れる貴族も多いという。

狩猟は冬の方が良いと言うし、元は路上の子供たちの冬の移動手段だった、雪山を木の板で滑り下りるのが、数年前から五公国の貴族の間で流行《はや》っているという。

人が多ければ、それだけ仕事は見つかるだろう。

一度は選んだ船を後悔したものの、そうやって前向きなのもシロの性分だった。

運命というものがあるならば、これが進むべき道だったのかもしれない――と、シロは思ったのだった。

「へぇ、お父さんをね」

船賃代わりに、船の仕事を手伝っていたシロに、船長が言った。

どうして北に行くのかと聞かれたからだ。

お屋敷を追い出されたとは言えないし、父親が貴族だったかも知れないということも伏せて、シロは彼に父を探しに行くのだと言ったのだった。

嘘《うそ》を言っているわけでもなかった——確かにそれが母の望みだったのだから。

「正直母の話は半信半疑で。だから本当に会えるとは思ってないんですけど、でも北は仕事も多いと聞いたので」

「仕事ねぇ、まあ確かによそ者に寛容な国ではあるけれど……」

と、船長は何かを含んだように言葉を濁した。

「……仕事、ないんですか？」

彼の靴を磨きながら、不安げに問うシロに、船長は顔を顰めた。

「いやいや、仕事がないわけじゃないよ。実際冬の海が荒れやすいこの時期、春が来るまで北の公国で働くって船乗りもいないわけじゃないんだ。ただ……」

「ただ？」

「あの国は今、何かとざわついていてね」

「ざわついて……ですか」

「なんでも王位継承権を持つ姫様が殺されてしまったそうでね。相手はお偉い貴族の紳士で、無理心中だとか、金を巡ってだとか色々噂《うわさ》されていたけれど、女王陛下はすっかり気落ちしてしまって、国民にもしばらく娯楽だけでなく、黒以外の服を纏《まと》うのを禁じていたんだ」

「黒以外禁止⁉」

次期女王が亡《な》くなられたのだから、国中が喪に服すのもわからなくはないが、だからといってそこまでするものか。

「ああ、いや、確か今はもう違うはずだ。けれどその時にいろんな物を一気に制限してしまったから、景気も落ち込んで、職を失った人間も多い。幸い陛下に代わり、遺された妹姫様が景気の対策に乗りだしたって話だから、今は随分変わっているかもしれない」

亡くなられた姫君は陛下の寵愛《ちょうあい》を受けていたものの、国民の人気はむしろ妹姫の方が高いという。

それでも不安がない訳ではない。シロは真面目《まじめ》でよく働く。見栄《みば》えも良いからお屋敷での仕事ならきっとすぐに見つかるだろうと言いながらも、船長は知り合いに一筆書いてくれた。

「以前はうちの船で働いていたが、事故で片足を失《な》くしてね。今は教会の墓地で墓守をやっている男がいるんだ。少々気難しい男だが、君なら上手《うま》くやれるだろう？」

「はあ……」

確かに気難しい相手とでも上手くやる自信はあったが、それよりも墓地というのは……。

「今の季節は野宿なんかしようもんなら朝には氷漬けだ、仕事を手伝えば食事の世話ぐらいはしてくれるはずだ。奉公先が見つけられるまでの繋《つな》ぎの仕事と思えばいいじゃないか」

「え？　そんなに寒いんですか？」

「危ないねえ。そんな事も知らないで北の公国に行くつもりだったのかい？」

氷漬けだなんて大げさだと思っていたシロに、船長は呆《あき》れたように言った。

「……このまま船に残ってもいいんだよ」

心配そうに言われて、シロは少し心が揺らいだ。けれどもしまた、お屋敷の時と同じような事になってしまったら、海ではどこにも逃げ場がない。

それに。

「揺れる日は、やっぱり船酔いが……」

大きな船なので揺れも少ない方だし、やがて慣れるとは言われたものの、波が高い日の胃袋がひっくりかえるような感覚には、どうしたって慣れる気がしない。

墓場の仕事を手伝うなんて、想像するだけで恐ろしいが、このまま船で働くよりは良いかもしれない。

船長は、そこで少し黙って、シロをじっと見た。

「ふむ……それにお父さんが北の公国の出身というのは、本当かもしれないね」

「どうしてですか？」

「北の公国は女王陛下を筆頭に、君みたいに髪や目の色が淡く薄い人が多いんだよ。陛下は見事な銀の髪をしていらっしゃるというしね」

「へえ……」

確かにシロは、母よりも薄い、白と見まがうような白金色の髪をしていた。けれど瞳は濃い夕焼けの茜色《あかねいろ》、あるいは明るい血のような朱金色だ。

目の色も淡いとは言えないし、髪の色は父親ではなく母に似たのだと思う。それに母の描いた父だというスケッチでは、その髪は枯れ草のような茶色だったのだ。

「お母さんがそうだと言ったなら、きっとそうなんだよ。信じてやりなさい。父親だって君が訪ねてきたら嬉《うれ》しいだろう――私も君を見ると、死んでしまった息子を思い出す」

似ていないんだけれどね、と船長はいった。

けれど彼がシロを気にかけ、そしてこうやって話をすることすら楽しんでくれているのは本当だったので、シロは素直に頷《うなず》いた。

「見つかるよう祈っているよ」

「はい。ありがとうございます」

シロは船長にそう感謝を述べて、より丁寧に靴を磨き、彼の上着にブラシをかけたのだった。

Ⅲ

寒い寒いと聞いてはいたけれど、船が北の公国に近づくにつれ、シロにも船長の言う意味がわかった。

甲板で感じる風が日増しに冷たく、鋭く刺すような痛みに変わっていったからだ。

海も次第に荒れ始め、シロはすっかりへこたれて、もう二度と船には乗るまいと心に誓った。何をしていても揺れる嫌な感覚がずっと続くせいで、本当は揺れていない時ですら、足下がぐらつくような気がしてしまうし、酷い時は横になっている事しか出来なかった。

すっかり従僕としてシロを気にいった船長は、本当にこのまま船に残ればいいと言ってくれたが、けれどシロの船酔いに苦しむ姿を見てさすがに不憫《ふびん》に思ったようだ。

船乗りの多くは、なりたての頃どんなに揺れに弱くても次第に慣れるものだが、中には慣れるまでとても時間がかかる者もいる。

船ではよくある光景だとはいえ、息子の姿と重ねてしまっているからだろう、船長はシロの苦しむ姿を見ていられないようだった。

それでも幸い大きな嵐《あらし》には見舞われず、船は無事北の公国の首都ウーシュケにたどり着いた。

あわい雪化粧をした赤い煉瓦《れんが》の倉庫が建ち並ぶ西波止場の光景は、シロの想像していた北の公国の港とは、少し違った。

船長の話もあって、もっと雪がたくさん積もっていて、そして寂しいうらぶれた港だと思っていたからだ。

もちろん北の公国の首都であるのだから、栄えているのは当然だろうが。

定期船というわけではないものの、また度々ウーシュケを訪れる筈《はず》だという船長は、シロとの別れを惜しみ、もし本当に仕事が決まらなかったら、また船に戻ってくるように言ってくれた。

それだけでなく、ちょうど墓地の隣にある教会に積み荷を届ける予定だという馬車に、一緒に乗せて貰《もら》えるように手配までしてくれたのだった。

行き先が墓地、頼る相手が墓守だというのは本当に気乗りしないが。

とはいえ思ったより雪は少ないものの、日が傾くにつれ気温はドンドン下がっていく。

船長の言うとおりこれでは野宿など出来ないし、宿だって空いていたかどうかわからない。何よりけっして多くない路銀を減らさないでいられるのはありがたかった。

そんな船長に感謝と別れを告げ、シロは荷馬車に乗り込んだ。積み下ろしを手伝ったので、御者はシロの同行を嫌がらずに隣に座らせてくれたし、奥さんが朝焼いたというコーンパンを分けてくれた。

優しい塩味の硬いパンの中に、水で戻したコーンの粒が入っている。コーンは甘くて、うっすらバターの香りがした。

やがて港を離れ、荷馬車はより賑《にぎ》やかな市街へと向かっていった。

「ムクドリだよ！　元気なムクドリが一羽たったの十ペンス！　教えたら言葉も覚えるよ！」

「干し鰊《にしん》はいかが？　開《キッパー》いてるのも、丸《ブローター》まんまのも、糠《ぬか》漬けもあるよ！」

「ジンジャーブレッドはどうだい、そこの兄さん買ってかないかい！　三十個でたった一ペニー、一ペニーだよ！」

市場が近づくにつれ、様々な呼売商人《コスターモンガー》たちが声を張り上げているのが聞こえてきた。

やっぱり首都だけあって、目抜き通りには店が建ち並び、呼売商人も多く、人通りもあるようだった。

「坊主《ぼうず》はああいう連中とは付き合うんじゃないぞ。あいつら稼ぐそばから博打《ばくち》と酒ばっかりだ――ああでも、娘さんたちは良《い》いよ。呼売をしている女の子たちは、みんなよく働くから。結婚するなら呼売娘にしておくといい。お高くとまったお屋敷のメイドなんてのは尻軽《しりがる》で、贅沢《ぜいたく》ばっかりしたがるから」

自分の奥さんも呼売商人だったという御者が、どこか自慢げに言う。前のお屋敷のメイドたちの中には、確かにおしゃべりで派手好きで、苦手な子もいたけれど、真面目で気立ての良い子もいたのだが。

それよりシロが気になったのは、呼売商人たちの服装だ。みんな黒どころか、目がチカチカするような、極彩色の派手な服を着ている。

「船長から、この国では黒い服以外着たらダメだって聞いたんですが」

「ああ、それはね、先々月まではそうだったけれど、今は逆にこの国で『黒い服』は禁止なんだよ」

「禁止……ですか」

お屋敷の使用人たちは、さぞ午後のお仕着せに困っているだろう……。

「ヴィクトリア様が黒は悲しい色だから、みんな明るい色を着るようにと決めたんだ――『イゾルデお姉様は、国民が哀《かな》しみ、苦しむ事をお喜びにはなりません。とくにこれから雪に閉ざされた冬が来ます。お姉様の為《ため》にもみな明るい服を着て笑い、楽しく歌い、踊り、華やかな冬を迎えましょう』ってね」

だからこの国で今、『黒』を纏うのは罪で、許されているのは女王陛下ただお一人なのだという。

随分極端なことだとは思ったが、そのくらい思い切ったことをしなければならないほど、国が冷え切っていたのだと聞いて、シロは納得した。

確かに往来を行き交う人々は、みな色こそ明るい上着に身を包んではいたが、呼売ばかり目立って、商店などは随分閉まっているようだ。

「寒波より景気が冷え込んでいる」なんて御者の話を聞きながら、ガス灯に照らされてキラキラ光る雪を眺めているうちに、いつの間にか荷馬車は薄暗い方へと向かっていた。

「教会は山の真ん中あたりだよ」

シロが寒くないようにと毛布を渡して、御者が言った。

寒さもだが、段々と道が暗くなっていくのに、シロは不安を覚えた――ガス灯の数がみるみる減っていく。

怯《おび》えるシロを乗せたまま、馬車は緩い坂を登っていった。馬は慎重に力強く歩いて、白い道に足跡を残していった。

すっかり日は落ち、ガス灯もなくなり、頼りになるのは馬車に下げられたランタンだけだ。

真っ黒い森を眺めていると、時々何かがキラッと光った。よく見ればそれはランタンの灯りを映した野鹿《のじか》の目だったが、シロは身震いした。

「まったく薄気味悪い道だよ」

どうやらシロだけでなく、御者も同じ気持ちだったらしい。

何度来ても慣れないと言って、彼は不安を振り払うように『ヤーレン・ソーラン・チョイ・ヤサエ・エンヤン・サー』と歌い始めた。

聞き慣れない言葉だったが、漁師が海で唱えるお祈りの歌らしい。

意味は『神を称《たた》えて歌え、たとえ嵐が来ようとも、一人で前に進め』だと教えてくれた。港町らしいお祈りだ。

頼りない明かりだけが照らす、黒々とした木々の間を進む中、御者は声を張り上げて歌った。やがて木々の向こうに、ぼんやり明かりが見えるまで。

馬車が木々を大きく迂回《うかい》するように曲がると、薄暗い墓地と、更にその向こうにガス灯の淡い光に照らされた教会が見えた。

最後まで荷下ろしを手伝うと言ったけれど、長い船旅で疲れているだろうと、御者は先にシロを墓地の前で降ろした。

おどろおどろしい墓石の立ち並ぶ墓地の更に奥、すすけた色の煉瓦の家がある。

煙突からは煙が上がっている。

人の気配を感じながらドアを叩《たた》くと、ややあって「おう」と声がして、ドアが開けられた。

「……なんだお前は」

元船乗りというよりは、むしろ海賊のようなざんばら髪の男が現れた。

彼は尖《とが》った顎《あご》に無精髭《ぶしょうひげ》、髪も目も真っ黒で、シロは船長が言っていた『北の人』にしては、肌の色も濃いと思ったが、おそらく出身は違う国なのだろう。

「あ、あの、これを」

確かに彼は左足の膝から下を失っていて、杖《つえ》を突いている。おそらく彼が船長の言っていた『墓守』で間違いないだろうと、シロは胸にしまっていた手紙を出した。

「ああ？」

「船長が、あなたに渡せば良いって」

シロもけっして背は低くないのに、墓守は更に高い。彼はシロを見下ろした後、怪訝《けげん》そうに手紙を受け取り、少し家の中に下がって、家の灯りで手紙の封蠟《ふうろう》を確認した後、ポケットから出した折りたたみナイフでピッと蠟を剝《は》がした。

「ふん」

手紙を広げ、墓守が鼻を鳴らした。

「つまり……行くところがないのか」

どう考えても歓迎していない口調で墓守が問う。

「勿論《もちろん》すぐに仕事を探します！　長くご迷惑はかけません！」

慌《あわ》ててシロが頭を下げると、墓守は「入れよ」と素っ気なく言って、ナイフの先で部屋の中を指した。

「……良いんですか？」

「冬の間は仕方ないだろう。翌朝お前のために墓穴を掘るのは面倒だからな。まぁいいさ。船長には恩がある――同じぐらい恨んでもいるが」

明らかに歓迎はしていない様子だったが、追い返されなかったことにシロは驚いた。

墓守は「早く中に入れ。家が冷えちまう」と不機嫌そうにシロの腕を引く。

「船長を恨んでいるんですか？」

ますます迷惑がられている気がしたが、それでもシロは家に入った。中は確かにほかほかと暖気に包まれている。

「ああ。あの人のお陰で、俺は片脚を失っただけで済んだんだ――いっそあのまま死なせてくれたら良かった」

墓守が吐き捨てるように言った。船を下りた後、彼がどんな風に生きてきたのか、シロには知るよしもないが、薄暗い墓地で一人墓を守って暮らしているというのだから、色々と事情や苦労があったのだろう。

それでもこうやってシロを迎え入れてくれたのだから、やはり船長に恩を感じているというのも本当なのだろう。

「シロっていったか。俺はカカシだ。空いている部屋を使わせてやるし、飯も食わせてやる。その代わり家の事や墓場の仕事を手伝え」

「あ……はい、やらせてください」

「冬の間だけだぞ」

「急いで仕事を探しますから！」

　シロもはなからそのつもりだった。普段使っていないという、少し埃《ほこり》っぽい部屋に少ない荷物を置き、寒かったら可哀想だと船長からお下がりで頂いた綿入りの上着を脱いで、これから夕食の支度をするというカカシの所に急いで戻ると、彼は土のついた魚を洗っているところだった。

「泥？　これ……なんですか？」

「泥じゃない、糠だ。鰊の糠漬けだよ。春に獲《と》った鰊を塩辛い糠に漬けてあるんだ。夕飯《サパー》は鰊のシチューでいいな？」

「あ、はい……なんでも」

　糠？　とシロは思ったが、なんでも精米した時に出る米を削った粉末だそうだ。確かに北は米をよく食べるとは聞いていた。

　彼は鰊をぶつ切りにすると、鍋《なべ》で煮始めた。

更にじゃがいもを手に取ったので、シロはさっそく「手伝います」と腕まくりをした。

「じゃあ、芋を剝《む》けよ。できるか？　明日からはおまえがやれ」

「は、はい」

「飯は芋とカボチャと鰊だけだ。冬はどうしても暖炉に火をいれるせいで金がかかる。そのうえお前を預かったからいよいよパンや肉を買う余裕はないんだ。文句は言うなよ」

確かに外は寒いのに、家の中はあたたかい。そうしないと家中が凍り付いてしまうからなのだとカカシは言った。シロは文句など言える訳がないと頷き——そしてふと思いついた。

「……銃は、猟銃はありますか？」

「ああ？」

カカシが怪訝そうにシロを見た。

「前のお屋敷で旦那様に扱いを習ったんです。猟銃があれば多分鹿が獲れるんじゃないかと。来る途中に群れをいくつか見かけましたから」

特に冬は雪のお陰で足跡も追えるし、獲物《えもの》が見つけやすい。それに旦那様の話では、狩猟肉は寒い時期の方が腹を壊しにくいと言っていた。

猟銃の手入れや扱いは慣れている。それに時々こっそり、旦那様が撃たせてくれたことがあった。そしてどうやらシロは筋が良いらしい。

けれどカカシはシロをますます睨《にら》んで、鼻の頭に狼《おおかみ》のように皺《しわ》を寄せた。

「……お前なぁ、もしあったとして、いきなり現れたガキに銃を渡せると思うのか？」

「あ」

それは確かにそうだ。銃は獣だけでなく、勿論人も撃つことが出来る。

「…………」

とはいえ、『鹿の肉』という単語は、甘美なものでもあったらしい。カカシはうーんと唸《うな》りながら顎を何度かさすった後、「まあ、あるよ」と言った。

「時々物騒なヤツが来るんで、前任が置いていったんだ。お前を信用するわけじゃないが、確かに鹿肉は食いたいし、鹿は脂《あぶら》も角も皮も売れる。それに隣の教会で孤児を何人も抱えてるから、少し持っていってやれば喜ぶだろう」

「孤児を？」

「ああ。なんでも陛下を喜ばせるために、孤児を集めて聖歌隊を作るんだと。歌の上手いガキを大司教区に送るために、孤児を引き取って歌を教えてるんだ。イゾルデ公女が亡くなってからしばらくは、陛下がなんでもかんでも禁じたせいで、国はすっかり貧しくなって、路地裏は孤児ばっかりだ」

「…………」

孤児が増えた原因は陛下の――と、言ってしまうのは、さすがに心がないとシロは思った。陛下は愛娘《まなむすめ》を失った可哀想な人なのだから。

とはいえ、そのせいで多くの国民が苦しみ、子供たちが親を失った状況で、さらに彼女を喜ばせるために孤児たちに歌を歌わせるのか……と、シロの眉間《みけん》に一瞬皺が寄った。

「そんな顔をするな。理由は何であれ、ガキどもに寝床がある方がいいだろ」

「それはそうですね」

「弾もたくさんはないから大事にしろ。まあ獲れた鹿の解体は手伝ってやるよ、死体をバラすのは慣れているからな」

「え……」

さらっと恐ろしい事を言われて、シロが顔を引きつらせると、カカシはにやりと笑った。

「墓場のジョークだ。まあいい、今日は芋と糠鰊だけじゃなく、特別にパンも出してやる。お前の歓迎会だ」

鹿肉と聞いて、カカシの態度がはっきりと軟化したのに安堵《あんど》しながら、シロはじゃがいもを剝いた。

芋と鰊を煮込んだシチューは、味付けも糠鰊の塩分だけという、作り方もシンプルなものだった。けれどたっぷりの塩と糠にくるまれて発酵し、熟成された鰊は少し特有の魚臭さがあるものの、とても味が複雑で絶品だった。

中でもほろりと崩れるじゃがいもは、たっぷりと鰊の旨味《うまみ》を吸っていて、大きな塊を食べても美味《うま》いし、とろとろになったのを汁と一緒に食べても美味い。

暖炉で軽く炙《あぶ》ったパンは少し硬かったが、小麦の良い香りがして、シチューに浸して食べるとちょうど良い。

鹿肉のお陰か——もしくは彼もかつて船乗りだったからか、カカシはシロにお腹いっぱい食事を与えてくれた。

船での生活に不満があった訳ではないが、久しぶりに地面の揺れない場所で、胃袋の中から温まったことでシロはすっかり安堵し、同時に疲労が覆《おお》い被《かぶ》さってくるのを覚えた。

「片付けは明日でいい。今日はもう休め」

シロの瞼が眠そうに下がってきているのを見ると、カカシはそう言った。

用意されたのは埃だらけの部屋とベッドだったが、幸い清潔なシーツと毛布を貸してくれたので、シロは十分すぎると思った。

他にあるのは、片方の扉が壊れて外れかかった二枚扉のワードローブがひとつきり。

とはいえシロの荷物といったら、僅《わず》かな着替えと船長が駄賃でくれた二シリング。そして母の形見の懐中時計だけなので、全然困ることはないだろう。

手足を洗って寝る支度を済ませると、カカシが部屋を訪ねてきた。

「寝る前に言っておく。ここで暮らす間、お前に絶対に守って貰うルールが一つだけある」

カカシが神妙な顔で言ったので、シロは深く頷いた。

「簡単なことだ。夜中に時々教会の鐘が鳴る事がある。その時は絶対に窓の外を見てはいけないし、外に出てもいけない。聞こえなかったと思ってそのまま寝るんだ」

急におかしなことを言うと思った。

「どうし――」

「理由も聞くんじゃない。守れないなら出て行くんだな」

「……はい。夜中の鐘は……聞きません」

使用人をやっていれば、聞こえないふり、見ないふりをしなければいけないのは、珍しいことじゃない。ルールと言われれば、それを守るだけだ。

それに夜中だ。わざわざ見に行く必要があるとも思えない――が、なんだか薄気味悪いと思い、シロは身震いした。

カカシの家は温かく、明るく、ここが墓地の隣だと忘れてしまいそうになるが、こうやって灯りを落として一人になると、再び恐怖心が覆い被さってくる。

とはいえシロは疲れていた。長い船旅にすっかり疲弊した体は、すぐにシロを眠りの淵《ふち》へ攫《さら》っていった。

真夜中に夢うつつの中で鐘の音を聞いたような気がしたけれど、目を開けることは出来なかった。シロはすぐにまた深い眠りに落ちて、そのまま朝まで目覚めなかったのだった。

Ⅳ

目覚めると、既にカカシは起きていて、朝食にじゃがいもとカボチャを蒸《ふ》かしてくれていた。

温かいお茶と一緒に流し込んでいると、カカシは猟銃を持ってきた。

「俺は使えないから、ずっとそのままだ。きちんと手入れしてから使えよ」

カカシが言うとおり、銃は確かにしばらく使われていなかったようだ。

「あの……仕事の方は何をすれば良いですか？」

「夕べは雪も降らなかったから、雪かきの必要はないし、今のところは何もない」

「え？」

「ここは墓場だぞ？　死人がいなけりゃ暇な仕事さ。墓の下の連中は無口だからな」

「ああ……それはそう……ですね」

これも『墓場のジョーク』なのだろうか、シロは引きつるように無理やり笑ってから、ひとまず仕事がないと知ってほっとした。

本音を言えば、墓場の仕事などあまり想像したくはない。

何はともあれ、仕事がないのであれば……と、代わりにシロは銃の手入れをし、さっそく森へ出かけることにした。

「教会の裏の崖《がけ》とその下の方には近づくなよ」

シロを送り出すとき、カカシが忠告した。

「危険なんですか？」

そもそも不用意に崖に近づくようなまねはしたくないが……とシロは首を傾《かし》げながら問うた。

「そう高い崖じゃないが、運が悪けりゃ落ちたら死ぬし、何より下の方はお貴族様の狩猟場なんだ。鹿やキツネが獲れなくてイライラした貴族にとっちゃ、お前はいい的だろうよ」

「気をつけます」

確かに獣たちに比べたら、シロは愚鈍で大きな獲物だろう。奥の教会の方ではなく、来る途中に見た森の方に行くと言って、シロは墓地を後にした。

おあつらえ向きの快晴で、澄んだ空気のお陰で遠くまでよく見える。

弾は四発しかないので、獲れるかどうかはわからない。そもそも獲物に出会えるかどうかすらもわからない。

加えて慣れない雪道に苦戦しながらも、シロは森を歩いた。

幸い獲物はすぐに見つかった。

若い牡《おす》が一頭。木々の隙間にたたずんでいたのだった。

母親から独り立ちをした後、若い牡は若い牡だけで群れを作るが、冬の時期はこうやって一頭でいることが多い。

それにしても、随分大きい鹿だった。

西の国でこんなに大きな鹿を見たことはない。まるで馬のようだと思いながらも、シロは銃を撃った——が、それは大きく横に外れてしまった。

久しぶりに使うので、銃自体の狙《ねら》いがおかしいようだ。

それでも幸い鹿は前にではなく横に逃げてくれたので、シロは再び銃を構えた。

シロは特に動いている獣を獲るのが得意だ。何故《なぜ》ならまるで先の時間が見えるように、獣たちの動きがわかる気がするからだった。

弾はまた狙いとズレたものの、シロの憶測通りの場所に放たれた——今度は外さなかった。

銃弾は一撃で鹿の首を撃ち抜いた。

鹿を抱えた帰り道、同じようにまた一頭でいる牡を見つけ、仕留めた。今度はしっかりと頭を撃ち抜いた。

体を狙ってはいけないのだ。肉が臭くなる。

最初の猟としては、十分な猟果だろう。二頭を撃って、シロは意気揚々と墓地に戻った。怪力のシロでも一度には運べない立派な獲物だった。

「お……お前、本当に獲ってきたんだな⁉」

なんとか大きな鹿の二頭目を運び終えたシロを見て、カカシはとても驚いていた。

「はい。二頭ともまだ若い牡です。角は小さいけれど、牡は食べるならこのくらいの方が、肉が柔らかいと思います」

牡鹿《おじか》は四歳を越えると硬く、臭くなる。娯楽としての狩猟なら、獲物は大きければ大きいほど良いし、角や毛皮も立派になるが、今回は食べる為の狩りなのだ。

「よし、捌《さば》こう。ちょうど暇だったんだ。肉屋も呼ぼうか」

「来て貰うんですか？」

「捌くのを見せないと、本当に死人の肉だと思われるからな」

「ああ……」

『墓場のジョーク』かと思ったら、どうやら本当らしい。実際に前任は、こっそり死体から脂なんかを取って売っていたのがバレて、ここを追い出されたんだとカカシは言った。

カカシは教会の子供の一人に駄賃を与え、肉屋を呼びに行かせた。その間にまずは一頭捌くことになったが、シロが驚くほどカカシは上手に鹿を捌いていった。

一頭目の皮を綺麗《きれい》に剝いで、肉を切り出す頃には肉屋がやってきた。

「いい肉じゃないか。坊主が獲ったのか？　いい腕だな」

肉屋に褒められて、シロは照れくさそうに笑った。自分でも上手くやれたと思っていたから。

「一頭三シリングまで出す。若い牝《めす》なら四シリングだ」

勿論鹿の大きさや肉質によって、価値は違ってくる。それでも上手に獲ればそれだけ貰えるなら、少しはカカシに迷惑をかけずに済むだろう。

結局すね肉ややもも肉の一部を残し、肉屋は二頭分の鹿肉を、計五シリングで買い上げてくれた。

昨日のカカシの話では、皮や脂も売ることが出来ると言っていた。

特に脂はやけど薬に使われるので、暖炉の火を欠かせない冬の時期、薬屋に重宝されるらしい。

「とにかく一シリングあれば、牛肉が二ポンドは買える。よくやったな」

それだけでなく、今日は鹿の肉もあるのだ。寒い時期なので保存もきくだろう。数日は食いつなげるが――。

「……すね肉だけ残して、あとは教会に届けてきましょうか？」

おずおずとシロが提案した。

「そうだな。すね肉は暖炉の隅でじっくり煮込めばいいシチューになる。パンも米も買えるし、しばらくはそれで十分だ」

カカシのいう通り、二人だけなのだから一度にたくさんの肉は必要ない。

干し肉にしようと思ってはいたけれど、また獲れば良いだけだ。

大きな肉を抱えて隣の教会に向かうと、神父たちは鹿の肉に驚きつつも喜んだ。

「大変助かります。今、教会には痩《や》せた子供たちが七人もいるのです」

それを聞いて、シロは良いことをしたと気分が良くなった。

その夜はカカシも上機嫌だった。教会は、仕事を与えてくれる大事な場所だ。彼としてもいい関係性を築いていたいのだ。

カカシはすっかりシロを気に入ってくれたようで、またシロに食事をたらふく与えてくれた。シロも遠慮なく食べた――猟に出るのも体力がいる。

そんな風にシロの北の国での生活は、鹿の血の臭《にお》いで始まったのだった。


翌日も仕事はなかった。

ちょうど来た荷馬車に二人で乗せて貰って、カカシとシロは街に繰り出した。

「パンも必要だが、それよりお前の服と靴と、手袋を買おう。今のじゃ寒すぎる」

船長の綿入りの上着のお陰でかろうじて凍えずに済んでいるが、西の国の冬服は、北の公国では秋に着るのでも寒いのだ。

内側に綿を入れた冬用のブーツと手袋、分厚いウールのトラウザーズと襟巻きを買って、呼売の声を聞きながら歩いていると、にわかに街中がざわつき始めた。

「そうか、今日は銀雪花《スノー・ホワイト》の日か」

ぞくぞく人が往来に集まってくるのにシロが驚いていると、カカシはそう呟《つぶや》いた。

「銀雪花？」

「ああ、この街で冬に咲く唯一《ゆいいつ》の花で、王族の花なんだ。縁起の良い花だから、王宮の庭で最初の一輪が花を開いた日、お祝いに女王陛下が馬車を出して、国民を祝福してくれるんだ」

「へえ……」

「まあ、陛下は今、ほとんど人前にお出にならないから、多分馬車に乗っているのはヴィクトリア姫だろう」

「妹姫様ですか？」

「ああ、亡くなられたのは第一公女のイゾルデ様。ヴィクトリア様はその妹で、今はこの国でただ一人、王位継承権を持っている」

気が付けば道は人、人、人でごった返して来たので、カカシとシロは道の端に逃げた。杖を突かなければ歩けない片足のカカシに、この人混みは危険なのだ。うっかり杖や足を取られてしまう。

極彩色の人混みで目がチカチカしそうだと思っていると、やがて遠くから歓声が上がり、人々が波のように動き始めたので、シロは咄嗟《とっさ》にカカシを庇《かば》った。

馬車が近づいてきて、それを追いかける人間、少しでも近づいて見ようとする人間が、押し合いへし合いしている。

「聖処女《スノー・ホワイト》だ！」

「ああ、清らかでまるで天使のよう！」

「なんとお美しい！」

「まさか姫様にお会い出来るなんて！」

そんな風に口々にわあわあと人々が叫ぶのを聞きながら、カカシが押しつぶされないように道の端で足を踏ん張らせていると、シロの目の前でまだ小さな子供の手を引いていた若い女性が――母親か、年の離れた姉かが、少しでも前に行こうと子供の手を離してしまった。

こんな人混みなのだ。よちよち歩きの子供なんてあっという間に飲み込まれてしまう。

「危ない！」

咄嗟にシロは子供を抱き上げた。

群衆は姫様を一目見ようと必死なのだ。取り残された子供を抱いて、シロはカカシの横に戻った。

姫様の馬車の周りで、人々は派手な色の布を振ったり、色紙で折った花を撒《ま》いたり、灰色に霞《かす》む冬の街が、このときばかりは花盛りの季節のように輝いている。

近くで一際《ひときわ》大きな歓声が上がったかと思うと、とうとう馬車の窓から身を乗り出して手を振る、ヴィクトリア公女の姿が見えた。

「ああ、天使様」

群衆の誰かが掠《かす》れた声で呟いた。

「冬に負けない恩寵を皆様に！」

ヴィクトリア公女が両手を広げて叫んだ。

女王陛下は銀色の髪をしているというが、ヴィクトリア公女の髪は朝日を浴びて輝く小麦のようだ。

豊かに輝く金糸の髪が太陽ならば、その声は春風のように優しく、夏風のように快活だ。

シロはなんとかその顔を見ようとしたが、人々に阻《はば》まれて見えない。

子供を抱き上げているので、人々をかき分けて前に出ることも出来ない。

やがて馬車がシロたちの前を通り過ぎた。

「ウーシュケの民に祝福を！」

人々の歓声でもかき消されないほど美しく響く声――途端、シロの胸にザラッとした違和感が走った。

「……………？」

自分でもよくわからない奇妙な感情。

それは喜びではなく、恥じらいでも、興奮でもなかった。

ぐるっと街を練り歩いた馬車は、この後女王陛下のいらっしゃる五星城《アストルム》へ向かうそうだ。

結局シロは公女の顔を見ることが出来なかった。

人々は過ぎていく馬車を追いかけ、或《あ》いは家に、店に帰り始め、道はまた急に静かになったので、シロは子供を道の石畳の上に下ろした。

そうしてやっと子供の存在を思い出した若い女が、慌てて戻ってきて子供を抱えると、また馬車を追いかけて走って行く。

「やれやれ、酷《ひど》い目に遭ったな」

辟易《へきえき》としたようにカカシがボヤいた。

「あの人が次の女王なんですね……」

「まぁ……人気だけなら安泰だな」

カカシはまだ遠く聞こえる歓声に目を細め、皮肉を込めて呟いた。

「カカシはヴィクトリア姫の事が好きじゃないんですね」

「俺は愛想の良い美人を信じない主義なんだ」

カカシが肩をひょいとすくめた。どうやら姫は髪や声だけでなく、そのお姿も美しいらしい。

「子供を庇っていたので、顔は見れませんでした」

「そうか。イゾルデ様はどっちかっていうと美人じゃなかったが、陛下のように堅実で、優しい方だった。あの人が次の女王なら、国は安泰だって思ってたんだが……とはいえあんな事があったんじゃあな」

「あんな事？」

「ああ。ヴァーンベリ伯爵《はくしゃく》が、イゾルデ様と無理心中を図ったんだ。詳しいことはわからんが、伯爵は妻のある人で、イゾルデ様も婚約者がいらっしゃった。そんな二人が深夜に別荘で密会して一緒に毒を飲んだんだ、言い逃れのしようもないだろ？」

そうして一人だけ助かったヴァーンベリ伯爵は、爵位を剥奪《はくだつ》されたのちに首を切り落とされ、いまだにその首は、城の中央広場に晒《さら》されているという。

「しかもその細君ときたら、陛下の恩情で刑を免れたって言うのに、夫の罪の謝罪もしない」

カカシが呆《あき》れるように言った。

「奥様も何か悪い事をされたんですか？」

「いいや？　ただ夫が王位継承者と心中したんだ。その妻がなんの責任も取らずに、のうのうと暮らすっていうのは、みんな腹が立つだろうよ」

「そういうものですか」

「そりゃあ、石を投げるのには、動く的が必要だろ？」

にやりと皮肉に口角を上げてカカシが言ったので、シロは眉《まゆ》を顰《ひそ》めた。

むしろ奥様は旦那《だんな》様に裏切られた可哀想《かわいそう》な人なんじゃないか？　と思ったが、心中事件の後は、すっかり景気が落ち込んでしまって、みんな生活に困ったと聞いている。

カカシの言うとおり、確かに人々の振り上げた拳《こぶし》を下ろす先が必要なのかもしれない。

「まあ……陛下は随分と哀しまれ、苦しまれていたが、民にとっちゃあ呆れたスキャンダルだ。だからこそまるで天使のような『お優しいヴィクトリア姫』を応援したくなる気持ちはわからんでもないが――」

そこまで言いかけて、カカシは溜息《ためいき》をついた。

「続きはなんですか？」

「まぁ、美人の言うことは話半分で聞くに限るって、死んだ親爺《おやじ》が言ってたのさ」

「はぁ……」

とはいえシロ自身も、言葉に出来ない違和感を覚えていた。

はっきりとした理由は自分でもわからないが、強いて言えば——『におい』だ。実際の『香り』とは違う、言葉にしがたい気配のようなもの。

シロは漠然とだが、ヴィクトリア公女の纏《まと》う『におい』が好きになれなかった。

何故だろう？　と思って帰宅して気が付いた。

そんな筈はないと思った。

だけど確かに、ヴィクトリア公女は古い墓場のにおいがした。

V

銃弾を買い足したものの、けして数に余裕がある訳ではない。

少しでも弾を無駄にしないようにしなければ——翌日、天気も良いのでカカシの家の外、墓地と教会のちょうど境目の大きなイチイの木の下に陣取って、シロはまた入念に銃の手入れと調整をした。

一応今は冬眠時期の筈だが、山によっては大きな熊《くま》もいるという。万が一身を守るためにも、銃はきちんと使えるようにしておかなければならない。

シロの部屋は薄暗い。蠟燭《ろうそく》代をけちったシロが外で作業していると、教会の裏口に腰掛けて、じゃがいもを剝いている少年と目が合った。

どうやらシロの作業を見ていたらしい。シロが笑いかけると、少年は嬉しそうに跳びはねるようにして、墓地と教会を隔てる柵《さく》に寄りかかってきた。

年齢はシロより五歳は若いだろう。笑うと前歯が二本ない。

小柄で、少し痩せすぎと思うような、顎の細い少年だ。

「こんにちは」

「それ、銃!? それで鹿を獲ったの!?」

シロから声をかけると、挨拶《あいさつ》に答えるより先に、少年が興奮したように聞いてきた。

「ああ、うん。そうだよ、食べさせてもらえた？」

「あんなに肉の入ったシチュー、うまれて初めて食べたよ！」

「そっか、良かった」

別に教会を疑っていたわけではないけれど、痩せた少年を見て、きちんと子供たちの口に肉が渡っているか心配になったのだ。少年の言葉にシロは少しほっとした。これで狩りに出る甲斐《かい》があるというものだ。

少年はたいくつなのか、そのまましばらく柵に張り付くようにして、シロの作業を見ていた。

「君……ここにいてもいいの？」

シロが問うた。他の子供たちが出歩いているのは見えないし、遠く微《かす》かに合唱のようなものが聞こえたからだ。

「今、歌の時間なんだ。俺、音痴だから追い出されるんだ」

「ああ……」

シロも歌が上手《うま》いわけではない。教えられたからと言って、全《すべ》ての子供が小鳥のように囀《さえず》れる訳でもないだろう。

「あーあ、俺も猟が出来たらいいのに」

あかぎれた手で鼻をこすりながら、嘆くように少年が言った。

「今は役立たずって言われるんだ。他のガキ共の世話をしたり、小間使いはさせて貰《もら》ってるけど、赤ん坊ならともかく、俺みたいに育った男の孤児はもらい手がないんだって」

養子にするならできるだけ器量が良く、赤ん坊の方がいい……という話はシロも聞いた事があった。

「俺も猟とか出来て、もう少し神父様に認められたら、それだけ長く教会にいさせて貰えるかもしれないだろ？」

確かにいつまでも教会で世話をしては貰えないだろう。とはいえそんなにずっと残りたいほど教会はいい所なのか……と思いながら、シロはうーんと唸った。

「じゃあ、もう少し君が大きくなったら、教えに来てあげるよ、たとえ別の所に行っていても」

「本当⁉」

「うん。それまでは少しでも教会が困らないように、また俺が鹿を獲って持っていってあげるから」

「やったあ！　最近あんまり食べたがらなかった妹のベッキーも、なんまら美味いって喜んでたんだよ！」

ぱっと少年が表情を輝かせた。

「妹さん、病気なの？」

「いんや、かーちゃんが病気で死んじゃってから、ずっと元気がないんだ。どんな綺麗な花を摘んでいっても、笑わせようとしても、ずっと元気がなくて、すぐ泣いちゃってさ」

「そっか……」

「ベッキーは目は俺と同じ榛色《はしばみいろ》だけど、他は全然違って金色の綺麗な髪をして、お貴族様のお人形みたいだって言われるんだ。歌だって誰よりも上手だし、泣かないでにこにこできるようになれば、すぐにいい家に貰われると思うんだよ。だから俺、なんとかベッキーを元気にしたいんだ」

だから教会に少しでも長く残りたいのか——妹のために。そう気が付いたシロはぎゅっと口を横に引いた。

少年は港の近くで呼売をしていた母親が病で死んだ後、幼い妹を連れて物乞《ものご》いをしたり、公園で拾った新聞を売ったりしていたが、すぐに食べていけなくなって、やがて掏《す》摸《り》をして暮らすようになった。

けれどもすぐに警察に捕まって、教会に預けられたそうだ——その頃陛下は、街の子供たちを守るように布令《ふれ》を出していたから。

以前のように寒さや飢えに怯える必要はなくなったが、泣いてばかりの妹に飴《あめ》を買ってあげる事も出来なくなってしまったと、少年は拗《す》ねたように言った。

可哀想だが、掏摸はダメだ。

とはいえ少年はまだ九つか、十歳ぐらいだろうか？　自分一人なら生きていけるとは言ったが、今の彼が妹を養える仕事はそう多くないだろう。

母が亡《な》くなった後も、シロには親のように優しくしてくれた大人が何人もいた。彼らのお陰でシロは行き場に困ることもなく、飢えを知らないまま立派なお屋敷で働くことも出来たのだ。

「じゃあ二人のために、またすぐに獲りに行くよ」

何かが少しでも違ったら、自分も少年たちと同じような道を辿《たど》ったかもしれないと思うと、シロは少しでも少年たちに何かしてやりたいと思った。今まで自分が周りから受けた恩を返したいと思ったのだ。

その時、遠くからカカシが呼ぶ声が聞こえた。

「じゃあ、そろそろ行かなきゃ」

「ありがとう、兄ちゃん！」

「あ」

シロは立ち上がって、そこでふと思い出したように、少年に少し待つように言って、家へと走った。

大切に銃をしまい直して、返す手で自室の机の上に手を伸ばす。

「シロ！　仕事だ！」

ちょうどカカシが家に呼びに来たので、シロは「すぐ戻ります」と言って部屋を飛び出した。

少年は言われたとおりにまだ、柵を挟んでイチイの木の横で待っていた。

「これ……カカシに貰ったんだけど、妹に食べさせてあげなよ」

そう言って、オイル紙に包まれたタフィーを二粒、少年に手渡す。

「タフィーだ！　ベッキー、大好きなんだ！」

「そっか、良かった」

本当に嬉《うれ》しそうに少年が言ったので、シロの顔もほころんだ。

「じゃあ、またね」

「うん！」

そう言って少年と別れた時、シロの胸になぜだかチリとした痛みが走った。

時々——そう、時々感じる痛みだ。予感という名の。

例えば別れがある時に。

「…………」

けれど少年とシロはいわば隣同士で住んでいるのだ。

それに彼がすぐにどこかに貰われていくこともないだろう。

だからきっと、またすぐに会える。これはちょっとした錯覚だとか気の迷いなのだと思う事にした。

「シロ！」

「今行きます！」

その時、再びカカシに名前を呼ばれ、シロはその痛みをすぐに忘れた。少年の名前を聞かないままだったことも。

Ⅵ

その日、シロはカカシの言うままに、墓守の仕事を手伝わされた——といっても、シロが任されたのは、墓地に墓穴を掘ることだった。

「すごいじゃないか。おまえのお陰で助かった。当面、墓掘りに人を雇う必要がなさそうだな」

カカシは上機嫌で言った。シロは力持ちで体力が人の何倍もあるのだ。冬の締まった土を掘るのは大変だとはいえ、もっと恐ろしい仕事を任されるよりはずっとマシだった。が、墓穴を五つも掘るのはさすがに応《こた》えた。

重い土を掘る苦労もあったが、心も辛《つら》かった——墓穴は死者を納める場所なのだ。

大きな墓が三つ、小さな墓と、もっと小さな墓が一つずつ。

馬車の事故で五人家族がみんな死んでしまったのだと、カカシは言った。

父と母、姉と弟、そして更に小さいまだ七つの男の子が一人。

その日は墓を掘り、シロの一日は終わった。

夜、また夜中に鐘の音が聞こえた気がした。

気のせいかもしれない。

その翌日、昼を過ぎる頃から天気が酷く荒れた。

まる三日外に出られないほどの嵐《あらし》だ。

家に閉じ込められている間、シロとカカシは二人きりだった。

船長はカカシを『気難しい』と言ったけれど、確かにカカシは少し気分屋なところがあった。

機嫌が良いと気前も良いし、根の悪い男では無いと思ったけれど、機嫌が悪いと一変する。

暴力的ではないのは幸いだが、何時間も黙り込んだり、迂闊《うかつ》に声を掛けると怒鳴り返されたりしてしまう。

特に外に出られない二日目以降、カカシは暖炉の前でイライラと不機嫌そうにタバコを根元まで吸い、指の先を黄色くしながら本を読んでいた。

そういう時、シロは出来るだけカカシに関わらないようにして、代わりに家を隅々まで磨いたり、鍋の古い焦《こ》げをこそぎ落として、油を塗ったり、細々とした仕事に精をだした。

気になっていた寝室のワードローブの扉も直した。

カカシはうるさくて気が散るからやめろと怒ったが、

「お世話になってもこの一冬の間です。だからせめてしっかりご恩を返していきたいんですよ。その分、カカシはのんびりしていてくださいよ」

――と、そんな風に言われては、カカシも文句は言えない。

多少気まずそうに唸りはしたものの、せっせと働くシロを前に、結局彼は少しだけ機嫌を直した。

シロはといえば、他に時間を潰《つぶ》す方法がなかったまでのことで、カカシに媚《こ》びたいというよりも、とにかくじっとしているのが性に合わなかったのだ。

夜は毎晩「ああ、よく働いた」と、快い疲労感を覚えて眠りたいのだ。

そうでなければ、特に月の綺麗な夜なんかには、無性に走り回りたいような気持ちに駆られてしまう。

嵐で月は見えなくとも夜は夜、体力を持て余して眠れないくらいなら、働けるだけ働いた方が、自分にも、そして家主にも良いだろう。

そうして嵐が去った後は、今度は大変な雪かきに追われた。ウーシュケは雪の多い土地ではないが、それでも北の国なのだ、冬の嵐の後はきちんと雪をどけなければ、家も何もかも雪の下になってしまう。

実際三日目は吹き付けた雪が硬く、高く積もっていたせいでドアが開かなくなってしまって、シロは窓から外に這《は》い出して、なんとかドアを開けるのに成功したのだった。

そうして雪が止《や》んで、青空が戻ってくると、今度は三日間の間に滞っていた葬儀が続いた。

常に杖《つえ》が必要で、両足で踏ん張れないカカシは、力仕事には向いていない。

教会では弔いの鐘が幾度も鳴り響き、シロは雪を掘り起こして、また大小いくつもの墓穴を掘った。

幸い最初の鹿《しか》がそれなりの値で売れ、すね肉のシチューも数日食いつなげたし、食うに困ることはなかったものの、シロの気持ちに反して、結局最初の狩りから十日ほど、狩りに行けなかった。

そうしてようやく山に入れた日、はやる気持ちを抑えて向かった狩りは、残念ながら空振りで、毎回鹿が獲れるとは限らないとわかっていても、シロは消沈した。

少年とその妹——確かベッキーといった——は、元気にしているだろうか？　二人に早く鹿を食べさせてやりたかったのに。

そんなシロの祈りを山の神が聞き入れたか定かではないが、翌日は大きな牝鹿《めじか》がシロの前に姿を現した。

しなやかな体の美しい牝鹿だ。毛並みは良く、腿《もも》の肉付きもとてもいい。

その日は朝から粘って出会えたのがこの一頭。

シロは勿論《もちろん》逃さなかった。

大きな牝鹿を抱えて帰り、肉屋を呼んだ。自分たちと教会の分の肉を除いても、肉屋は鹿を四シリングで買い取ってくれた。

肉だけでなく、柔らかくきめ細やかで吸湿性と通気性に優れた牝鹿の皮は、貴族たちに喜ばれる。カカシは大喜びだ。

前回よりも美味《おい》しそうな鹿肉を四ポンドも抱えて、シロは教会の門を叩《たた》いた。

出迎えてくれた子供たちは大喜びだったけれど、その中にあの少年の姿はなかった。

神父は確か子供が七人いると言っていたが、ここにいるのは五人。

もしかしたらまた泣いているベッキーの側《そば》にいるのかもしれない……そんな風に考え、がっかりしながらシロは墓地に戻った。本当は少年の喜ぶ顔が何より見たかったから。

雪が降り始め、気温が下がり始めているのか、歩くとサクサクと音がする。

自分だけの足音を聞いているうちに、なぜだか無性に不安がこみ上げてきた。

教会を振り返ると、ずっと遠くに食堂と思《おぼ》しき灯りが見える。

きっと少年とベッキーは、またあそこでシロの獲ってきた鹿を食べるだろう。

「……大丈夫だよ、きっと」

そう独りごちた。

どうしてわざわざ口に出して、自分に言い聞かせなければいけなかったのか、シロ自身にもわからなかったが。

翌日はまたこの前のようにイチイの木の下で、銃の手入れをした。けれど、少年はシロの元に訪ねては来なかった。

更に翌日も、その次の日も。

四日経《た》って、再びシロは鹿を獲《と》った。今度は歳《とし》のいった牝鹿と、大変角の立派な牡鹿で、どちらも肉質は硬かったけれど、それでも肉は肉だ。

また教会に届けたが、少年の姿はなく、そして出迎えてくれた子供たちは八人に増えていた。

シロは牡鹿の角を削って、少年の為《ため》にナイフを作ってやろうと思っていたので、また会えなかったことにガッカリした。

そのまま数日が過ぎても、少年の姿は一向に見当たらない。

段々とシロは不安になってきた。

その日の夜はシチューとキドニーパイで、カカシは喜んでそれを食べた。

どうやら彼の機嫌は良さそうだと、シロは思い切って話をすることにした。

「カカシ」

「うん？」

「あの、隣の教会にいた男の子、そばかすのある十歳くらいの痩せた子なんですが……」

「知らん」

「どこに行ったか知っていますか？」とシロが聞く前に、カカシがそっけなく答える。

「……知りませんか？」

「孤児の顔なんか覚えていないし、だいたいガキの顔なんて区別がつかない」

カカシは露骨に顔を顰めた。

「そうですか……急に、いなくなってしまったみたいで」

「きっと里親が見つかったか、大司教区に迎えられたんだろう。あそこの教会の孤児院ってのはそういう所だ。よかったじゃないか」

これ以上話をしたくないという空気をたっぷりと醸《かも》して、カカシは不機嫌そうに席を立ってしまった。

「…………」

絶対に彼に里親が見つかるはずがない、とは言わない。だがなかなか見つかりにくかったと思うし、そんな急に貰われていってしまうだろうか？

それに大司教区に行くのは歌の上手い子供だと聞いている。でもあの少年は、歌が下手で練習にすら参加させて貰えないと言っていたのに。

どうしても納得がいかない気持ちを抱えたままだったが、かと言ってカカシにこれ以上聞ける空気でもない。シロも諦《あきら》めて、その日は早く寝室に下がった。

そうして普段より少し早めにベッドに入ったせいか、なんだか真夜中に妙に目がさえてしまった。

いつの間にか雪が止み、煌々《こうこう》と月が墓地を照らしている。

まだ月の位置は高い。上弦を少し過ぎた月は僅《わず》かに雲がかかって、まるで夕べ食べた腎臓《キドニー》のようだ。

月を見上げていると、ますます眠気が飛んでしまい、シロはやるせない気持ちを紛らわそうと鹿の角を削ることにした。

ナイフを作っても、少年に渡せるかどうかはわからないが。

そうして月明かりを頼りに鹿の角を削っていた時だった。

月の角度で言うなら、午前三時を過ぎた頃。

朝が来る前の、一番闇《やみ》の深い時間。月と雪明かりに照らされた墓地の向こうから、ごおおおんと空気を微かに震わせて、鐘の音が響き始めた。

「鐘……こんな時間に……？」

それは確かに教会の方から響く鐘の音だった。

こんな時間に何を知らせる必要があるのだろう、何故鳴らす必要があるのだろうか。

「夢じゃ……ないんだ」

――夜中に時々教会の鐘が鳴る事がある。その時は絶対に窓の外を見てはいけないし、外に出てもいけない。聞こえなかったと思ってそのまま寝るんだ。

「………」

カカシの言葉を思い出して、シロは慌《あわ》ててカーテンを引いた。

そもそも美しい夜だったとはいえ、ここは墓地なのだ。

急に怖《おそ》れが襲ってきて、シロは毛布の中に潜り込み、きつく目をつぶった。

Ⅶ

カカシが守っている墓地は街の中心からは随分離れ、土の下に眠っている亡骸《なきがら》も、貧しい者や身寄りの無い者が多い。

故《ゆえ》に墓石は質素で、同時に弔いに来る人もそう多くない。

信仰心や献身を持たない者も多いが、単純に既に弔う人間が存在していない者も多かった。

とはいえ時折、亡き人を訪ねてくる者がいない訳ではない。

シロの朝一番の仕事は、そういう人たちの為に手早く墓地を除雪することだった。

幸い夕べ降った雪は多くない。朝になって少し締まった雪を、きゅっきゅと鳴らしながらスコップではねのけていたシロは、墓地の中央にある安置所で、ふと足を止めた。

黒い柵で囲われて、意匠の施された小さなお堂だ。

神父が最後の祈りを捧《ささ》げてくれたり、墓穴を掘る間の仮安置所として使われているのだが、シロはその周辺にいくつもの足跡を見つけた。

「……なんだこれ」

夕べ、雪は夜半をすぎる頃には止んでいた。

さらさらと細かい雪が降っていたのは夜間の数時間。墓地はどこも親指が埋まるくらいの雪が積もっている。

それを踏みつけ、深夜に安置所の周りを歩き回った人間がいる――いや、本当に人間なのだろうか？　と、シロは身震いした。

けれどその足跡は、確かに墓地に残っていて――いや、よく見るとそれは墓地の外に続いている。

目をこらし、シロはその足跡を追った。

目が慣れてくると、どうやらそれは数人の足跡――おそらく二人くらいの足跡で、墓地の外から安置所に、そして安置所から墓地の外へ続いているようだ。

足跡を追って道に出ると、そこには細い車輪の跡と、蹄《ひづめ》の跡があった。

「馬車の跡……？」

深夜にわざわざ、馬車で弔いにやってきた人がいたのだろうか。

そもそも夕べも今朝も、安置所は空だ。遺体は一つも置かれていない。

「………」

一瞬シロは墓荒らしということも考えた。

実際カカシの話では、前任の墓守は、墓を漁《あさ》って一緒に埋葬された物を売るばかりか、新鮮な死体の肉や、脂《あぶら》を取って蠟燭や石鹼《せっけん》にして売っていたらしい。

とはいえ、土を掘り起こした跡はない。

足跡があるというだけで、おかしいところは何もないのだ。

それが逆になんだかやけに気持ち悪くて、シロはあまり考えないようにしながら、朝の雪かきを終えた。

カカシの家に戻ると、ちょうど起きてきたカカシが、シロにお茶を淹《い》れてくれた。

けれど温かく、ミルクたっぷりの紅茶を啜《すす》りながら「カカシ、夕べ――」といいかけたシロを、カカシは鋭く睨《にら》んだ。

「なんだ？」

「あ……あの、夕べはキドニーでしたし、最近鹿肉ばっかりですから、他の食材を買いたいですね。パンもなくなるし、今日はまた鹿を獲って売ろうと思います」

本当は、夕べの鐘の音や、朝のあの足跡のことを聞きたいと思った。が、まるで先手を打つようにカカシに不機嫌そうに答えられて、シロは咄嗟にそう誤魔化した。

「……またか？」

「天気がいいうちに、干し肉も作りたいじゃないですか」

「まあ……お前がそう言うならいいが、弾は無駄にするなよ。安くないんだ」

「勿論わかってます」

咄嗟の勢いで言ったものの、鹿肉があればまた、堂々と教会に顔を出せる。悶々《もんもん》と悩んでいても仕方がないし、少年のことを聞けるかもしれない。

バタつきパンと卵、紅茶で食事を済ませた後、シロはさっそく猟銃を持って山に入った。

はじめは慣れない雪道、知らない山道に畏《おそ》れや不安があったが、カカシに『またか？』と言われるほど山に入るようになり、シロの足取りも力強くなった。

とはいえ猟は運。山の神は気まぐれだ。広い山の中で、そう簡単に鹿に出会えるとは限らない。

結局なかなか見つからずに苦労したものの、幸い日が暮れる前には、なんとか若い牝を一頭仕留められた。

多分二歳くらいの牝だ。毛並みはとても美しいけれど、やや小柄な個体だった。

若い牝は高く売れるとはいえ、やはり獲れる肉の量が少ない。

大きく、歳を取れば取るほど肉の味は悪くなるが、その量は増えるのだ。味は食べ方でどうにでもなる。シロたちには肉は質より量が多い方がありがたい。

出来ればもう一頭獲りたかったが、夜の山は危険だ。木々が深くても不思議と道に迷わないシロだったが、夜に歩いたことはないし、何よりも寒さが急に刃《やいば》のように鋭くなる。

日が落ちる前に、諦めて山を下りた。

それでも幸か不幸か、牝鹿は今までで一番高く売れたので、シロは街でパンとたっぷりの牛乳やチーズ、バター、そして干した分厚いサーモンと、カカシにジンを一本買った。

更に二シリングでベーコンを五ポンド。

教会に持っていくのだというと、肉屋の店主は少し多めに切り出してくれた。

大荷物を抱えた帰り道、まだ若いあめ売りの少女がシロに声を掛けてきたので、缶入りのを一ペニーで買った——少年に会えたら渡せるように。

きっとたまたまだ。少年も他の子供たちの世話をしていると言っていた。

またすぐに会えると、シロはそう自分に言い聞かせ、墓地へと戻った。

鐘や足跡のこと、墓地は気持ちの悪いことや不安は多いが、それでも冬の間はカカシの世話になる方が賢明だろう。

カカシは買って来たサーモンとベーコン、そしてジンに大喜びしていた。

無欲とは言わないが、さりとて強欲でもない。自分が満たされてさえいれば、それ以上は望まない気っぷの良さをもつカカシが、シロは好きだった。

付き合いやすいタイプではないにせよ、買ったベーコンを半分以上教会に持っていきたいというシロを咎《とが》めもしない。

「お前の獲った鹿なんだから好きにしたらいい」と言って、彼はシロを快く送り出してくれた。

そうして三ポンドほどのベーコンの塊を手に、シロは教会の門を叩いた。

最初は大きく黒々とそびえ立つ重厚な扉が恐ろしく、特に信仰心のないシロは、ここに来るのが場違いのように感じていたし、今も本心を言えば奇妙な——言うならば生理的な嫌悪《けんお》感《かん》というか、恐怖感を覚えた。

西の国でシロを捕らえ、悪魔が取り憑《つ》いていると一晩中鞭《むち》で叩いたのは神父たちだったから。

本能的に避けたいような気持ちがむくむくとわき上がるが、それでもここは善良な人たちの住む場所だ。

既に日が沈み、本来であれば教会を訪ねるような時間ではなかったけれど、このたっぷりの脂でてらてら光るベーコンが、拒まれる訳はないだろう。シロは遠慮なく扉を叩いた。

応対してくれたのはまだ若い修道士で、柔和な物腰と笑顔を絶やさない、優しそうな青年だ。

彼はシロの差し出したベーコンを見て破顔したあと、『あなたに神のご加護を』と嬉しそうに言った。

「いつもありがとうございます。育ち盛りの子供たちに、たくさん食べさせてやれるので本当に感謝しています」

献金の期待できる教区ではない。教会の運営費用は中央から回ってくるお金だけが頼りだという。

「恥ずかしい話、孤児たちを飢えさせないだけで精一杯なのです」

「十分立派なことだと思いますけど……」

修道士が眉間《みけん》に少し皺《しわ》を寄せて言ったその時、奥の居住区と思しき所から、子供たちがわらわらと礼拝堂に向かうのが見えた。

「夜のお祈りの時間です」

修道士が言った。

咄嗟に全て数え切れたわけではないが、子供たちは少なくとも十人近くいた気がする。

「孤児が増えたんですか？」

初めて訪ねた時、孤児は七人と言っていたはずだ。

「そうですね、可哀想な孤児はたくさんおりますから」

修道士が頷《うなず》いた。少なくともさっきの子供は七人以上いたと思うし、そしてその中に少年の姿はなかった。

「……出て行く子供も多いんですか？　その、歌の上手い子供以外でも」

「勿論養子として巣立っていく子もおります――まぁ、あまり多くはないですが」

シロが問うと、修道士は静かに微笑《ほほえ》んだまま言った。

「そうなんですか」

「ええ。特にここは街の教会と違い、主に路地裏の、素行の良くない子供たちを養育しているので、少し厳しい教育が必要な子供たちが多いのです」

「教育、ですか？」

「はい。今まで詐欺《さぎ》や盗みを働いて暮らしていた子供たちですから。当然もらい手も多くありません……みな『良い子』が欲しいですからね」

それまで笑顔だった修道士の顔に、一瞬だけ冷ややかな嫌悪と侮蔑《ぶべつ》の色が浮かんだ。

「ただ歌の上手い子は、大司教区の方で本格的に学べるよう、山を下りていきます」

「歌の下手な子供は？」

「そうですね……まあ歌えないからといって、子供を再び追い出すという事はありませんよ」

「そう……ですか、そうですよね」

シロはほっとした。だったら少年はまだこの教会にいるはずだ。

「じゃあベッキーの――」

「ベッキー！　彼女をご存じでしたか。あの子は明日迎えが来て、大司教区に行くことになったんですよ！」

ベッキーの兄について聞こうとしたシロを遮るように、修道士は誇らしげに言った。

「あ……そ、そうなんですか？」

「あの子は普段は泣いてばかりですが、コマドリのように力強く、カナリアのように朗らかに、本当に美しい声で歌うのです。不憫《ふびん》な子でしたが、上等なベロア生地のドレスまで贈られて、陛下の為の聖歌隊に入るんです。きっと陛下もお喜びになるでしょう」

そこまで言うと、修道士ははっとしたように礼拝堂を振り返った。

「おっといけない。お祈りの時間です。私もいかなくては」

そうやや一方的にまくし立て、ベーコンのお礼をもう一度だけ言って、彼はシロを門の外に追い立てようとした。シロは慌てて体を滑り込ませて、それを阻止する。

「あ、あの！　待ってください！」

そう言ってシロが取り出したのは、缶に入ったタフィーだった。

少し悩んで、シロはポケットに入っていた中折ナイフの先で素早く文字を刻んだ――『笑って』と。

「せめて……これをベッキーに」

「ああ……そうですね、あの子はタフィーが大好きでしたね」

受け取って、修道士は一際《ひときわ》優しく微笑んだ。

「本当はよくないのですが……これはこっそりあの子に渡しておきます。きっと貴方《あなた》のことは忘れないでしょう――さあ、もう行って。私も貴方も神父様に怒られてしまいます」

修道士はもう一度『神のご加護を』とシロの為に祈った後、上機嫌で扉を閉めた。

ベッキーが陛下の為の聖歌隊に選ばれたというのは、確かに良い事なのだろう。

選ばれた子供たちがその先どうなるかまでは知らないが、少なくとも悪い扱いは受けないはずだ。

少年にとっても安心なのではないだろうか――。

「……でもそうしたら、あの子は一人この教会に残されるのか」

あの子――少年は、妹を大事にしているようだった。離れて暮らすのは寂しいだろう。

シロはやっぱりまた会って、せめて彼を元気づけてやりたいと思った。


だからその夜も、少年に渡すために鹿の角を丁寧にヤスリで削っていた。ナイフの持ち手にするのだ。

月は昨日よりも一日分満ちている。なぜだか胸がざわざわする。

雪景色を煌々と照らす冬の月の、その明るさに改めて驚きながら、シロは月明かりを頼りに手を動かした。

暖炉の薪《まき》がはぜる音と、ヤスリのきしむ音を聞きながら。

磨かれた鹿の角はしっとり冷たい。冬の夜は静かだ――静かな筈《はず》だった。

「え……？」

その時、また墓地の向こうから、ごおおおん、ごおおおおんと、鐘が鳴り響き始めた。

「また、どうしてこんな時間に……」

厳かというよりは怪しげに低く響く鐘の音は、二回鳴っては数拍待ち、また二回……

と、合計八回鳴って鎮《しず》まった。

教会の隣に暮らしているのだから、鐘の音は慣れるほどに聞いている。

けれど奇妙なこの深夜の鐘は、シロが今まで聞いた事のないリズムで夜に響いた。

「…………」

カカシとの約束を忘れたわけではないし、それを破りたいわけでもない。

鐘の音を聞いても、知らない振りをしなければならない――わかっている。それでもシロはなぜだかじっとしていられなかった。

そっと部屋を抜け出すと、カカシは暖炉の前の安楽椅子《いす》で眠っていた。ジンを飲んで酔っ払っているのだ。

真っ赤な顔でいびきをかいているので、すぐには起きないだろう。

(ごめんなさい、カカシ)

シロはそう心の中でつぶやき、そっと家を出た。

どうしても調べずにはいられなかったのだ。

墓地のあの足跡はいったいなんだったのか。何故《なぜ》深夜に鐘が鳴るのか。

勿論その答えが、墓地にあるとは限らないが、なぜだか胸騒ぎがした。

何もないなら、カカシは『気が付かないふりをしろ』なんて言わないはずだ。

だから必ず何かがあるのだ――シロはそっと息を潜めるようにして、墓地を影のように動いた。鹿を狙《ねら》う時のように、できるだけ気配を消して。

月明かりだけが頼りの中、やがて安置所が見えた。

その時だった。

「…………！」

黒い影が二つ、安置所の中に吸い込まれるように早足で飛び込むのが見えた。

安置所で何をするつもりなんだ？　とシロは首を捻《ひね》った。今日もそこには遺体はないはずだ。

そっと足音を潜め、安置所の裏手に回る。


「――大丈夫、息はあるわ」


その時、中から声がした。

犯人を男性だと決めつけていたわけではないが、中から聞こえたのは柔らかな女性の声で、シロは驚いた。

「はい奥様」

もう一人、やはり女性の声が答えた。

どちらも綺麗《きれい》な発音だ――上流階級の。

「とにかく連れて行きましょう」

「はい奥様」

微かな衣擦《きぬず》れの音がしたので、シロは慎重に身を隠した。

やがて安置所の中から、ドレスを着た女性とメイドが姿を現した――メイドの腕には、えんじ色のドレスを着た幼い金髪の少女が抱きかかえられている。

「ベッキー!?」

ぐったりと動かない少女――上質なベロアが月光に光るのが見えて、シロは咄嗟《とっさ》に飛び出してしまった。

「奥様」

メイドがまっすぐにシロを睨み、少女を黒いドレスの女性に押し付ける。

だらりと白く小さな腕が垂れた瞬間、シロの中で怒りが弾《はじ》けた。

「お、お前ら！　その子をどうするつもりだ！　何をしたんだよ！」

シロが叫ぶやいなや、メイドが影のように動いた。

「え!?」

「スゥ！」

シロと、ドレスの女性――殆《ほと》ど同時に声が上がった。

シロは最初、どん、とメイドに突き飛ばされたのだと思った。すんでの所で後ろに下がり、かろうじて直撃を免れられたのは、まさにシロの本能的な直感のお陰だろう。

が、次の瞬間、腹部に冷たさと、燃えるような痛みが襲ってきた。

「かはっ」

メイドが体を引くと当時に、シロの口からごぼっと血が溢《あふ》れた。

メイドは左手が義手のようで、手首から先に仕込まれた光る刃から赤い血がしたたり落ち、雪の上に赤黒い沁《し》みをいくつも作った。

「あ……」

大きな怪我《けが》なら何度か経験した。けれど『刺された』のは初めてで、シロはその鋭い痛みに戦《おのの》き、どさっと冷たい雪の上に膝《ひざ》を突いた。

急速に光と音が遠くなっていく。

「いきなり刺すなんて、可哀想《かわいそう》じゃないかしら」

「いいえ、奥様」

ドレスの女性が心配そうに言うが、メイドは澄ました顔で答えた。

女性がメイドの腕に、少女を再び渡す。雪と、血と、香水の甘い香りがすると、シロはぼんやり思いながら、喉《のど》の奥でベッキーを呼んだ。けれど声にはならず、代わりにまた血が溢れた。

「そうかしら？　でも人違いだったら……」

そう言いかけてシロを覗《のぞ》き込むように見たドレスの女性が、はっとしたように口元を押さえる。

「まあ大変！　『結社』の子じゃないわ！　ねえあなた、ごめんなさいね。わたくしたち本当に人違いをしてしまったみたい――」

ドレスの女性が何かを言っていたが、シロにはもうよく聞こえない。

あるのは痛みと、耳鳴りと共に襲ってくる暗闇と冷気と、そして安堵《あんど》――ああ、これで終われるんだ。

「――――」

それでも話しかけられて、なんと答えたのかはシロ自身にもわからなかった。

手袋を脱いで、貴婦人がシロの頬を撫《な》でた。ヴェール越しに目が合った。

暗いせいかと思ったが、ヴェールも手袋も、そして彼女の纏《まと》うドレスも、それは紛れもなく黒だ。紺でも、深紅でもない漆黒だ――この国で禁じられた色。

黒いヴェールをかきあげて、貴婦人がシロを覗き込む。

淡い色の瞳《ひとみ》だ。シロはその瞳に、なぜだか母を見た気がした。

だとしたなら、これは最高の終わりだろう。

Ⅷ

そうして目覚めたのは見知らぬ天井、柔らかいベッドの上で、ゆっくり戻ってきた記憶にシロは混乱していた。

でも一つだけ確かなのは、また死に損ねたらしい。また誰も自分を殺せなかった。

ベッキーは無事だろうか？　自分は何故ここに？　どうして刺されたんだ？　いくつもの疑問が頭を過《よぎ》る。

何一つわからない。

紅茶の香りを嗅《か》いで自分が酷《ひど》く喉が渇いて飢えているのには気が付いたが、だからといってその紅茶に手をつける気にはなれなかった。

衣装箪笥《だんす》の上には、シロの衣服が綺麗に洗濯され、畳まれていたが、その横には折目がしっかりついた男性使用人用のお仕着せも置いてある。

どういうことだ？　と思いながら、自分の服を着てみてわかった——シロの着古したシャツは、腹の辺りがざっくりと裂けていたのだ。

見苦しい格好をするなという事かもしれないとは思ったが、だからといってお仕着せを着るというのも……。

しかもそれは何度見ても黒だ。今この国では、ヴィクトリア公女の命で黒い服を着てはいけないんじゃなかったのだろうか？

それとも貴族は例外なのだろうか——確かに、使用人たちは黒を禁じられると困るだろう。フォーマルな席で紳士が纏うのも黒だ。

悩んだ末、シロは仕方なくシャツだけ借りる事にした。腹を刺されたのだから、シャツぐらい借りても文句は言われないだろう。

傷はもう随分癒《い》えているようで、奥の方はまだ痛むが、少なくとも動いてまた出血して、汚してしまう事もなさそうだ。

わかっていても、己の生々しい傷を見るのは怖くて、シロは慎重に包帯を外した。

鏡に映った自分の腹にはまだ新しい疵痕《きずあと》がくっきり赤く残っているものの、幸い日常生活に支障はない程に回復している。

「……変な体だよな」

常人より怪力だという自覚があるし、なによりこの回復速度、回復力だ。

育て親の一人である老婆《ろうば》は、これを『恩寵《ギフト》』だと言っていたけれど、そのせいで逆に面倒な事になっている。

こんな体じゃなかったら、こんな遠い国まで来ていなかった。

とはいえ、自分の体からは逃げられない。諦めたようにシロは着替えを済ませると、とにかく部屋を出た。

幸い鍵《かぎ》はかかっていない——ドアは微《かす》かに軋《きし》んで開いた。廊下はやけに人の気配がなく静かだ。

お屋敷なのに奇妙だ……と思いながら、シロは廊下を進んだ。とにかく使用人の誰かと話すべきだと思ったのだった。

何も話さず、このまま屋敷を出て行くことも考えたが、ベッキーの事が気になった。メイドたちが攫《さら》おうとしていた子供が、本当にベッキーなのかはわからないものの、あのベロアのドレスはそう安い物ではない。

彼女たちは何故ベッキーを狙ったのか、そして、昨日の足跡も二人の物だったのか確認したかったのだ。そもそも何故貴婦人が、深夜に墓地に来ていたのか。あの鐘の意味も。

けれどシロの思いに反し、屋敷には本当に人影がなかった。

この規模のお屋敷で、こんなにも人がいないのはおかしい。もしかしたら無人なのかもしれない……とも思ったが、誰かがシロが目覚めるのに合わせて、温かい紅茶を淹れてくれていたのは確かなのだ。

そこでふっと思った。キッチンだ。さすがにキッチンに行けば誰かがいるだろう。

シロは慣れないお屋敷を歩き回り、緑羅紗扉《グリーンベーズドア》を見つけ、その奥に続く使用人棟とキッチンを目指そうとした。

ドアに手をかけた時だった。

「その先に行っても、誰もいません」

「え?」

初めてこの屋敷で、人の声を聞いた――と、シロが振り返ると、一人のメイドが立っていた。

年齢はシロと変わらないくらいだろうか。枯れ葉色のごく薄い茶のおかっぱ頭に、濃茶《ダークオーク》の瞳――澄ました表情のそのメイドには見覚えがあって、シロは咄嗟に身構えた。

メイドはそんなシロを見て、ゆっくり一度瞬《まばた》きをした。

「…………」

シロが警戒するのも無理はなかった。そのメイドは他でもなく、夕べシロを刺したメイドだったのだ。

なのに肝心の彼女は、刺した事など忘れたように、謝罪も、気遣いの一つもない。

警戒心と怒りがむくむくと膨れ上がるのを感じながら、シロはそれでも、努めて冷静さを取り戻そうと、深呼吸を一つする。

「ベッキーは……子供はどうしたんだ？　教会の子供は」

それでも隠しきれない動揺に声を掠《かす》れさせながら問うと、メイドはかくん、とまるで操り人形のように首を横に傾けた。

「その名前の子供を知りません。夕べの子供なら薬を使われていたので、奥様が医師の所へ連れて行きました」

「……お医者さんに？」

「はい。今日には回復すると聞いています」

「そ、そうなんだ……」

ほっとしてシロは息を深く吐いた。あの子が死んでいるのでは？　と不安になっていたからだ。

「は……良かった、無事だったんだ」

もう一度深呼吸をすると、シロは安堵で泣きたくなった。思わず両目を覆《おお》うようにして俯《うつむ》くと、またメイドは首を傾《かし》げた。

「……あの子供は貴方の家族ですか？」

「いや。でも知り合いの妹なんだ。妹を大事にしている少年が、隣の教会に住んでいて、それで……」

そこまで言いかけて、シロはもう一度「どうして？」とメイドに問うた。

「何に対する質問ですか？」

「どうしてあの子を攫おうとしたんだ？」

「子供が攫われそうだったからです」

「え？」

「だから攫われる前に、奥様が攫いました」

「だから、どうして？」

「奥様がそうすると仰《おっしゃ》ったからです」

「…………」

他に理由が？　という風にメイドが不思議そうにシロを見たので、シロは、む、と口を噤《つぐ》んだ。

「じゃあ、君の奥様はどうしてそんな事を？」

「知りません」

理由を知る必要すらないというように、そっけなくメイドが言った。

「知らないのに俺を刺したんだ」

「それは奥様をお守りする為です」

「…………」

主人にどこまでも忠実な使用人は時々いるが、だからといってなんの躊躇《ためら》いもなく人を刺し殺そうとするメイドなんて、今まで見たことがない。

「それとも……この国ではそういうのが当たり前なの？」

「何について問われているのかわかりません」

「ここはそんなに治安が悪い街なのかと思って」

「ウーシュケの治安は悪くありません」

メイドがまた首を傾げた。なんだか噛《か》み合うようで噛み合わない会話だとシロも思った。

「えっと……じゃあ誰か、この家の偉い人は？」

「奥様ですか？」

「あ、いや、一応階下の人の方がいいと思うんだけど。せめて男性使用人は？　執事か、一番目の従僕《フットマン》は？」

この規模のお屋敷なら、男性従僕は少なくとも二、三人はいるだろう。いきなり執事を訪ねるよりも、従僕クラスに声を掛けて、繋《つな》いで貰《もら》いたいと思ったのだが。

「いません。執事のオーブリーさんは、この時間は眠っています」

メイドはきっぱりと言った。

「へ？　執事がこんな時間に？」

男性使用人がいないというのも驚きだが、執事がこんな日の高い時間に眠っているというのも信じがたい。

「じゃあ、他の——家政婦長《ハウスキーパー》とか……」

「おりません」

「え……」

「ここにいるのは奥様と、オーブリーさんとわたしとマーサだけです」

「……屋敷なのに使用人がたった三人？　こんなにたくさん部屋もあるのに？」

「だからほとんど使わずに鍵をかけています」

「あ、そ、そうなんだ……それはそうなるよね……」

タウンハウスとはいえそれなりに大きな屋敷に、使用人がそれしかいないことにまず驚いたが、シロは彼女が主人として、奥様しか挙げなかったことに気が付いた。

そして夕べ彼女が『奥様』と呼んでいた女性は喪服姿であった。

「もしかして……旦那《だんな》様が、亡《な》くなられた？」

「…………」

シロの問いかけに、初めてメイドが口を噤んだ。

それまで機械的に答えていた彼女の唇が、きゅっと結ばれる。

「あ……」

と、表情のないその頬に、一筋だけ涙が伝ったので、シロもきゅっと下唇を噛んだ。

「……旦那様にご子息やご兄弟は？」

「おりません。ご家族は奥様だけです」

「…………」

ずっと無表情、まるで人形のように受け答えをしていたメイドの頬に伝う涙に、シロはとても動揺した。

夕べ自分を刺した相手だというのに、悪い事を聞いてしまったと思った。

とはいえ夕べのシロを問答無用で刺した事も、その主人への忠心故かと思えば、まったく理解できないわけではないと思った——まぁ、謝罪の一つくらいあってもいいとは思ったが。

「ああ……じゃあ……お屋敷は大変なんだな」

独りごちるように言ったシロに、メイドは返事をしなかったが、つまりここは『主《あるじ》』と『継承者』を失った家なのだ。

人が少ないのも頷ける。みんな逃げるように辞めていったか、解雇されたのだろう。

しかし、だったらこれからどうしたらいいだろう、と同時に戸惑った。

出て行くにも挨拶《あいさつ》ぐらいは必要だろうし、聞きたいことは色々とあるのだが——。

「え、あ、ちょ、ちょっと、君！」

……とシロが物思いに耽《ふけ》っていると、メイドが急にくるっと背中を向けて歩き出す。

「もうちょっと話を——」

「奥様がお呼びです」

「え？」

焦《あせ》ったシロに、メイドが澄ました声で言った。

「いや、だったら——」

だったら最初からそう言ってくれたらいいのに。言いかけたシロに、メイドはまたプイッと背を向けて歩き出した。

Ⅸ

使用人は三人だけ。執事と、このメイド、あと一人――マーサといったか――は、おそらくキッチンメイドか同じメイドだろうか。

本当に必要最低限だけの使用人しかいないと思《おぼ》しき屋敷は、どこまでも静かで、ひっそりとしていた。

ただ金色の陽光だけが差し込んで、きれいに磨かれた廊下を照らしている。

微かに埃《ほこり》が空気の中で光っているが、少なくとも人の――つまりは奥様が――行き来する所は、しっかりと掃除をしているのだろう。

貴婦人のお世話をするだけでも大変なのに、掃除もこなしているのかと思うと、数歩前を歩くこの小柄なメイドを、ますますシロは悪くは思えなかった。

まぁ、それでもやっぱり、一言ぐらいは謝ったり、心配くらいはしてほしかったが。

シロの傷が深かったことは、刺したメイド本人が一番わかっているだろうに、彼女はまったくシロの体を気遣うそぶりも見せず、ずんずんと歩いて行った。

墓地で刺された時、メイドの左手は手首より先がなく、代わりにシロの体を貫いた刃が装着されていたが、今日は普通の手だ。

西の国でも、事故や戦争で失った手や足に、義手義足を着けている人を見たことはあったが、彼女の義手はまったく普通の手のように見えるし、シロには義手と言われたとしても信じられないくらい、自分の手と比べて遜色《そんしょく》がないように見えた。

「……ちゃんと指も動くの？　どういう仕掛け？」

しかもその動きはスムーズで、彼女がなんの苦労もなくドアを開けるのを見て、シロは、ますます興味を惹《ひ》かれて聞いたが、メイドはシロを一瞥《いちべつ》しただけで答えない。

せめて返事くらいしてくれたらいいのにと思ったが、おしゃべりすぎるメイドもそれはそれで苦手だったので、あまり気にしないようにした。

嫌われているのかもしれないが、別に好かれる必要もないじゃないか。

そうしてシロがメイドに案内されたのは、庭の温室だった。

使用人がたった三人だけだという話だったが、温室はしっかり手入れをされていて、美しかった。

冬だというのに色とりどりのつる薔薇《ばら》がちょうど花の見頃で、薔薇の甘い香りがする中、黒いドレスの貴婦人が白薔薇のアーチの前にたたずんでいた。

夕べも喪服のようだと思ったが、こうやって日の下で見る『奥様』は間違いなく夫を失った貴婦人だった。

前のお屋敷で、旦那様の妹が病で夫を失ってしまって、しばらくご生家でもあるお屋敷に戻ってきていたのを見たからだ。

黒い縮緬《ちりめん》織りに覆われたボンバジーンのドレスとボンネット、質素なモスリンの襟と長い袖口《ウィーパーズ》。首には漆黒の黒玉《ジェット》のネックレス――夫を失った女性の喪服《ウィドウズ・ウィーズ》。

けれどその貴婦人は、そういった慎み深い姿でもなお、輝くように美しかった。

そのツヤツヤと輝く髪は銀糸。瞳は青みを帯びた紫水晶《アメジスト》。ぱっちりとした瞳は眦《まなじり》が少し上がっていて、好奇心に溢れる猫のようで、ヴェールを上げた彼女を幼く見せた。

いや、もしかしたら本当にまだ若いのかもしれない。二十歳を少し過ぎたくらいか――もしかしたらもっと若い。

そんなに若くして主人を失い、こんな大きな屋敷に使用人三人とだけ、取り残されているのか……と、シロは目の前の貴婦人を可哀想に思った。

「用意していた服は合わなかった？」

「え？」

シロが何かを言うより先に、貴婦人が言った。

シロが奥様のドレスに気をとられていたように、彼女もまたシロの服装を見ていたらしい。

「……俺が着ると、汚れてしまうと思ったので」

「汚したって良いわ。替えはたくさんあるし、全《すべ》てダメにしてしまったっていいのよ、みんな出て行ってしまったから、着る人は誰もいないもの」

ふふ、と貴婦人が笑った。やけくそというよりは、もう諦《あきら》めているような、そんな口調だと思った。

「なんにもない屋敷だけれど、人違いで刺してしまったのだから、お詫《わ》びに服ぐらい何着でもさしあげる。靴も……そうね後は何が必要？　できる限り応《こた》えるわ。それとも──やはり貴方も黒はお嫌い？」

「いえ、そんな……でも人違いだったんですか？」

「ええ、わたくしたち、てっきり貴方が子供を攫ってていると思ったの」

それを聞いて、シロはほっとした──そうか、良かった。この女性が誘拐犯ではないのか……。

「俺も……貴方が教会の子供を攫っているのだと思ったんです」

「わたくしが？　攫ってどうすると思ったの？」

「どうって……」

むしろどうするのか知りたかった。闇《やみ》に紛れるのだから、おそらく真っ当な理由でないことは確かだろうと思ったが。

「ただ朝になって、安置所の周りに不思議な足跡があるのが、変だなって思ってたんです。それで……」

シロが申し訳なさそうに答えると、奥様は少し考えるように俯いた後、「座って話しましょう」と、シロを温室の中央のベンチへと誘った——勿論《もちろん》、シロが奥様の隣に座れるわけなどなかったが。

誘いを丁重に断って、シロは立ったまま奥様の話に応じた。奥様は「鐘の音を聞いた？」とシロに問うた。

「はい……多分」

「そうなのね……実は最近、路地裏の子供たちが消えていると聞いたの。子供たちは『教会の鐘に気をつけろ』と噂《うわさ》していたわ。深夜に教会の鐘が鳴ると、きまって子供が連れ去られるのですって」

「それは……もしかしたら本当かもしれないです」

シロは眉間に皺を寄せて答えた。

「路地裏の子供が消えるのは、教会が孤児たちを引き取っているからかもしれないですが、ただ……教会の子供が急にいなくなったんです」

「詳しく聞かせて頂戴《ちょうだい》」

奥様が少し前のめりに言った。

カカシとの約束を思い出してシロは少し躊躇ったが、その紫色の瞳にじっと見つめられると、どうにも抗《あらが》えない。

シロは覚悟を決めて、教会で会った少年のこと、ベッキーのこと、そして夜に聞こえる鐘のことを打ち明けた。

「じゃあ貴方は、夕べのあの子がその『ベッキー』だと思うのね？」

「多分……ですが」

少女の目が覚めたら話を聞こうと思うけれど、薬で深く眠らされていたようだから、多くは知らないかもしれないと、奥様が残念そうに言った。

「もしかしたらカカシが……墓守が何か知ってるとは思うんですが、でもあの人は頭が良いから、余計な事は話さないだろうし、もしかしたらあえて知らないようにしているかもしれないです」

カカシは根は悪い男ではないと思うが、自分のために都合の悪い状況を見ないようにするくらいの強《したた》かさがある人だと、シロは答えた。

「だけどそれは、きっと彼が生きていく為《ため》です。彼が納得できるくらいのお金を出せば、もしかしたら――」

「ないのよ」

言いかけたシロを遮るように奥様が言った。

「え？」

「お金がないの。わたくし。あるのは主人が建ててくれたこの屋敷だけ。あとは残してくれていた持参金だけよ。でも母は多くは持たせてくれなかったから、使用人を雇うお金もないの」

「それは……ご生家に戻る事も出来ないんですか？」

「ええ。母はわたくしを好いてはいないから」

それは本当に大変だなと、シロはますます目の前の貴婦人が不憫になったし、母のことを思い出した――お金のない貴婦人が、どうやって死んでしまうかを。

とはいえ、幸い彼女にはこの立派なお屋敷があるのだ。シロの母のような道は辿《たど》らずに済むだろう。

「でも……そもそもどうして奥様は、子供たちの為に動かれているんですか？　慈善事業は珍しくはないですが、その為に冬の夜に墓地に来るなんて、貴婦人のされる事では――」

シロが不思議そうに聞いた途端、奥様は「あはは」と声を上げて笑った。おおよそ、貴婦人らしくない仕草で。

「あの、俺、何か変なことを――」

「慈善事業ですって？　そうね、確かに……清掃活動かもしれないわ」

「清掃活動……ですか？」

「ええ。世の中が綺麗になるかも」

「……え？」

そう言って奥様は、三日月のように目を細めにっこりと笑った。

X

「お金があったとしても、墓守を買収するのはなかなか難しいでしょう。おそらく教会が一噛みしているだろうから、警備隊に話してももみ消されてしまうわ。教会の不正なんて珍しくはないから。花はやがて枯れ、熟れた権力はみな腐っていくものよ」

貴婦人はそう言ってしおれた一輪の赤い薔薇をくしゃり、と手で握りつぶした。

「じゃあ……これからどうされるんですか？」

「そうね、まずは午後になったら、医者に預けてあるあの子を迎えに行くわ。目を覚ましているでしょうから……」

そこまで言うと、彼女は少し首を傾げるようにしてシロをじっと見た。ふと、あのメイドと同じような仕草だと思ったが、もしかしたらメイドの方が彼女を真似《まね》ているのかもしれない。

「あの……？」

「わたくし、昼食がまだなのよ。一人での食事は退屈だから、よければ貴方も一緒にどう？　貴方は、物を食べることができて？」

「へ？」

「食べたり、飲んだり出来るの？　人間と同じように」

「は？……え？　ええと、それは勿論？」

不思議な質問だと、シロはきょとんとした。

「そう、良かった」

奥様が微笑んだ。

「でも給仕の仕事はしていますが、その、奥様と一緒に食事をいただけるような作法とかは……」

「作法なんていいのよ。作法が必要な食事でもないから――ああ。そうだわ、貴方名前は？」

メイドに目で合図をした後、ついてらっしゃい、と奥様はベンチから腰を上げ、シロに問うた。

「名前はシュローといいます。でもみんなシロって呼びます。こんな色の髪をしてますし」

「ニワトコ《シュロー》の木ね。白く愛らしい花をつけるからかしら」

奥様はそう言って微笑《ほほえ》むと、シロの真っ白な前髪に手を伸ばし、指先で軽く悪戯《いたずら》した。

「わたくしはアナベル。アナベル＝ローズ・ヴァーンベリよ」


『ヴァーンベリ』


その姓を聞いた事があるような気がしたけれど、シロには思い出せなかった。

それよりも、奥様の指が自分の髪に触れただけで、心臓がばくばくしたからだ——間近で見た奥様は、本当に美しかった。

「貴方も着替えてらっしゃい、シロ。スゥ、シロを案内してあげてちょうだい。わたくしはその後で良いわ」

「はい、奥様」

そう言うと、奥様はドレスの裾《すそ》を軽やかに翻《ひるがえ》して一人温室を出て行った。彼女の残していった風は、甘い薔薇の香りがした。

作法は必要ないとはいうものの『貴方も』ということは、貴婦人である奥様は、昼餐《ちゆうさん》の為に着替えるようだ。貴婦人はとにかく一日何度もドレスを替えられるものだ。

彼女の世話をする前に、メイドが迷子になりそうなシロを目覚めた時の部屋に案内してくれた。

「丈が合わなかったら言ってください——マーサが選んだので大丈夫だと思いますが」

メイドはスゥと呼ばれていた。スーザンとか、そういう名前なのだろう。スゥは用意してあったお仕着せを一瞥して言った。

女性使用人はスゥとマーサの二人だけ、てっきりマーサはキッチンメイドなのかと思ったが、二人だけということは、結局全部の仕事《オールワーク》を二人だけでまかなっているのだろう。

「古い方は処分しますから、全部脱いでください」

「え、全部？」

「一式用意してあるはずですが」

シロは一瞬ギョッとしたものの、確かに今までの服は、このお屋敷を歩き回るには向いていないし、ボロボロだ。特にシャツの方は。

スゥは置いてあった穴の空いたシャツを拾い上げ、そしてどうやら本当にシロが全《すべ》て着替えるのを待っているように、その場で無表情に立っていた。

色はスゥのお仕着せ同様に黒だった。これを着ることには少し勇気がいると思ったが、屋敷から出なければ問題ないのかもしれない。

おそらく来客も多くはないだろうし、使用人を雇う余裕のない財政状況を鑑《かんが》みれば、わざわざ黒以外のお仕着せを一式用意する余裕だってないのはシロにもわかる。

仕方ないから貸してもらおうと思ってシャツに手をかけて――そしていっこうに部屋から出ていかないスゥに気が付いた。

「いや……せめて部屋の外で待っててくれないかな……」

「何故ですか？」

「何故って、ええぇ……？　じゃあ、せめて後ろを向いててよ」

「………？」

スゥは怪訝《けげん》そうではあったものの、それでも素直に後ろを向いてくれた。

北の国の女性は強いというけれど、こういう部分も西の国とは違うのだろうか？　随分おおらかだな……とシロは首を捻った。少なくとも西の国では性別の違う使用人が、仕事以外でこんな風に同じ部屋にいることは禁じられていたのだが。

それでも用意されていたお仕着せは上等なもので、まるであつらえたようにシロの体にぴったりで気分が良かったし、久しぶりの仕事着に、シロは背筋が伸びるような気持ちになった。

いや、本当に背中をピンと伸ばして、お腹《なか》の傷の奥がズキンと痛んだのだった。

「……俺の傷の手当ては、誰がしてくれたの？」

「私とオーブリーさんです」

スゥが後ろを向いたまま答えた。

だったらシロの傷が浅くないと、やっぱり彼女が知らないはずがないし――だったらどうしてこんなに早く癒えている事に、疑問を抱かないのだろうか？　と、シロは奇妙に思った。

「俺の体のこと……何も聞かないんだね」

「…………」

スゥは返事をしなかった。

「変だって思わないんだ？」

「着替えは終わりましたか？　早く奥様の所に戻りたいのですけれど」

不安になって質問を重ねたはずなのに、スゥはまるでシロの言葉が聞こえていないように言った。

「ああ、うん……もう、大丈夫」

脱いだ衣類を全て纏めてスゥに手渡す――何故彼女は、シロを『化け物』と思わないのだろう？

前のお屋敷だっていい所だったのに、シロはこの『性分』のせいで居場所を失ったのだ。つい不安でスゥの顔を覗き込んでしまうと、スゥは無表情でゆっくり瞬きをして――そこで初めて、スゥはどこか諦めたように短く息を吐いた。

「貴方に興味がありません」

面倒くさそうに、けれどきっぱりとスゥが言った。清々《すがすが》しいほどに。

「そっか、じゃあ……俺を気味が悪いとは思わないんだ……」

「奥様に関係がないのなら、どうでもいいことです。それよりもう動けるなら働いてください」

「え？　俺も？」

「他に誰かいますか？」

別にお仕着せを着たからと言って、ここで働くと決めたわけではないのだが——とはいえ、約束を破った以上、カカシの元にはもう戻れないだろう。

置いてきた荷物のことが気になったが、いつかタイミングを見計らって取りに行くしかない。使用人を雇うお金はないと言っていたが、春まではここで厄介になる代わりに、仕事をさせて貰おうとシロは頷《うなず》いた。

「じゃあ……何をすればいい？　執事はまだ寝ているんだよね」

「食堂の方をお願いします」

それだけ言うと、スゥは足音を立てず、けれど小走りで奥様の部屋に向かった。

「……あ」

その後ろ姿が見えなくなってから、シロは食堂の位置を聞き損なったと気が付いたけれど、まぁなんとかなるだろう。

「変なところに来ちゃったな」

人気《ひとけ》の無い廊下を歩きながら、それにしてもここの屋敷はなんだか奇妙だと、シロは改めて思った。

使用人も少ないのだから静かなのは仕方ないとしても、メイドはあの通り随分変わっているし、執事がこんな時間まで寝ているなんて信じられない。

それに奥様だ。貴婦人が使用人と食事だなんて聞いた事がない。

本来使用人は、主人の前では影なのに……。

食堂へはそう迷わずたどり着けた。広い食堂の調度品はみんな上等だが、煌《きら》びやかで見栄《みば》えの良い物よりも、どっしりと重厚な物が多い。

おそらく亡くなった『旦那様』の趣味なのだろうとシロは思った。屋敷自体はそう古く感じないので、ここもおそらく彼が建てたのだろう。確か奥様も『主人が建ててくれた』と言っていたはずだ。

天井の高い食堂は、ひっそりと寒く、やけにがらんどうに感じた。

暖炉の火が弱まっているのか？　と確認に行くと、シロの心配をよそに火は赤々と燃えている。

部屋が広いせいか、それともこの空気のせいか——と、シロが食堂を見回すと、気が付けばテーブルの上に、食器や料理が用意されていた。

「……あれ？」

確かに食堂に入った時は、何もなかったはずなのに——けれど、絶対にか？　と言われると自信が無かった。現にこうして並んでいるのだから。

とはいえ気が付かないなんて変だと思いながらも、シロは用意された食器を、しっかりと定規で測って綺麗《きれい》に並べた。

と、いっても、陶器のスープチューリンの中は押し麦のスープ、銀のトレイの上にはシェパーズパイがあるだけ。食器の枚数を見ても、今日のメニューはこれだけのようだ。

前のお宅では、『昼食にスープを食べるのは体に良くない』と言われていたので、こうやってスープがある事にも驚いたが、奥様の食事なのに、デザートどころか前菜すらないのに、シロはびっくりした。

本当に奥様が切り詰めた生活をしていると思い知ったのだ。

「あら、似合ってるわ。やっぱり背が高いわね」

ほどなくして着替えを済まされた奥様が食堂に現れると、彼女はお仕着せ姿のシロを見上げて、嬉《うれ》しそうに目を細めた。

「前のお屋敷では、三番目《サード》のフットマンでしたが、お給金は悪くなかったと思います」

「でしょうね。きっと旦那様も自慢に思っていたでしょう……さぁ貴方も座って頂戴」

確かにこのメニューでは、給仕の仕事もないだろう。

それでもやはりシロが戸惑っていると、奥様は子供のように形良い唇を尖《とが》らせた。

「毎日一人だけの食事は寂しいわ。まるで灰を食べているようよ。せめて今日ぐらいは、お客様として付き合ってくれても良いでしょう？」

「じゃあ……そういう事でしたら」

メニューもこれなら、作法云々《うんぬん》の心配はいらない。

料理を二人分とりわけ、向かい合う形で席に着くと、シロはとても奇妙な感じがして落ち着かなかったが、それでも空腹だったので、結局パイに手を伸ばした。

「貴方この国の人間ではないのでしょう？　どうして来たの？」

「西の国から来ました。前のお宅も良いところでしたが、母の遺言で、生き別れの父を探しに来たんです」

「まあ、そうだったの……見つかると良いわね」

「はい……」

マッシュポテトの下はてっきり羊か牛なのかと思ったら、また鹿肉《しかにく》だった。それも歳《とし》をとって筋が硬く、臭《にお》いもある牡鹿《おじか》の肉で、血抜きも上手《うま》くいっていない。

皿の底が赤くなるほどとても血なまぐさい肉だ。正直こんな形で食卓に上がるべきではないと、シロは顔を顰《しか》めた。

奥様も肉の上のマッシュポテトの上部を軽く突《つつ》いた後、結局スープだけを食べている。

「あ、あの……」

「なぁに？」

「いつもこんなメニューなんですか？」

『酷《ひど》い肉ですね』とはさすがに言いにくくて、シロはそう言い換えた。

実際料理法によっては、奥様でも食べられたかもしれないからだ。

「そうね、でもあまり……好みではなくて。なのに食べないとオーブリーに叱《しか》られるのよ。だから代わりに貴方《あなた》がいっぱい食べて頂戴」

ね？　と奥様が自分の皿までシロに突き出してきて言った――ああそうか、ようは嫌いな食事をシロに押し付けたかったのだ。

奥様の健康を気遣う執事の気持ちはわかるが、さすがにこの料理は貴婦人の口に合わないだろう。

勿論食べる物があるというだけで幸せなことだ。だけどこんな風にトレイが真っ赤な血で染まった鹿肉を食べろというのは、些《いささ》か貴婦人には残酷すぎる。

「じゃあ、遠慮無く頂きます」

せめて自分は仕事を全うしよう――と、シロはパイを口に運んだ。筋張って硬い肉が火を通しすぎて更に硬くなっているが、幸いシロは硬い肉も、そしてこういう血なまぐさい味も苦手ではなかった。

我ながら悪食《あくじき》ではあると思うが、なにより怪我《けが》をした後は特に、体が血肉を欲している気がする。

体が求めるまま、そして奥様が望むままに、シロはパイを平らげる。

その食べっぷりに見惚《みと》れていた奥様も、どうやらつられて少しは食べる気になったようで、また少しマッシュポテトを口に運び始めた。

「甘いミルク粥《がゆ》だったらいいのに……シロはとても美味《おい》しそうに食べるのね。ねえ、今夜の夕食も一緒に食べてちょうだいね」

「俺でよければ」

「ええ勿論。本当にわたくし、毎日ここで一人で食べるのが寂しかったの」

奥様がうつむき加減で言った。苦手な料理をシロに食べてほしいだけでなく、確かにこの広い食堂で一人なのは、孤独を感じて辛《つら》かっただろう。

「食事を終えたら貴方はどうする？　またお墓に戻ってしまうの？」

「奥様は、ベッキーの所に行くんですよね？　だったら、俺も連れて行っていただけますか？　彼女の兄についても、今どこにいるのか聞きたいですし」

結局名前も聞けないままいなくなってしまった、あの小さな友人が気になる。無事を確認するだけでなく、ベッキーに居場所を聞いて、また会えるなら話がしたかった。

「ええ、勿論よ」

「それに……俺が約束を破ったことを、カカシは気が付いているでしょう。もう墓地には戻れないと思います。だから……もし奥様がご迷惑でないなら、冬の間だけでもお屋敷の手伝いをさせていただけないでしょうか」

お給金はなくていい。冬を越せる部屋さえあるのなら。

なんなら自分の食費くらいは自力で稼いでもいいのだ。シロには猟の腕があるし、もし屋敷に猟銃があるなら、狩りをしてもっと美味しい鹿を獲《と》ってくる事も出来る。少なくとも前のお屋敷では従僕の仕事をしていたし、スゥも人手を欲しがっていた。

奥様の迷惑にはならないと思うが……。

「確かにそう言って貰えるのは嬉しいけれど……でもあなた、ここがどこだかわかっているの？」

奥様は迷惑というよりも、本当に驚いた様子で瞬きをしながら、シロの目をまじまじと見た。

「やっぱり、外の国から来たんじゃダメですか」

いくら経済的に厳しい状況でも、このような格式の高いお屋敷で、こんな素性の知れない使用人は雇って貰えないのだろうか？

「そういう訳ではないのよ、ただ――」

「奥様、そろそろお支度の時間です。頼んでいた馬車が来てしまいます」

その時、困ったように言いかけた奥様を遮るように、スゥが奥様に声を掛けた。

「ああそうね……シロ、そのことはオーブリーが起きてからまた話しましょう」

慌《あわ》てて奥様が席を立って言った。貴婦人の支度には時間がかかるものなのだ。

二人が食堂を出て行ってしまったので、残ったパイを平らげ、片付けをしようと思った矢先、スゥが「これ、お願いします」とランプを三つと手入れ用具を持って戻ってきた。

「火が安定しないんです。直せますか？」

「出来ると思うけど——」

「食堂はマーサが片付けるので、そのままで大丈夫です。でもランプの手入れはマーサの好きな仕事じゃないし、オーブリーさんは手が汚れるから嫌だって」

シロが食堂を振り返ると、スゥは首を横に振っていった。

「君も嫌いなんだ？」

「怖いから」

「怖い？」

「燃えてしまいそうで」

そう言ってスゥは自分の手を軽く握ったり開いたりして見せた。

「ああそっか、木製なんだ。そうだよね……」

言われなければわからない程精巧だったが、スゥの手は義手なのだ。恐ろしいというより、燃えたら困るのだろう。

「わかった。待ってる間にやっておくよ」

そもそもフットマンの主な仕事は雑用だ。主人の、客人の、執事の、そしてメイドたちの仕事のカバーをする為にいる。

元々屋敷の仕事に必要不可欠な存在ではないのだ。見栄えのいい男性従僕を人目に付く場所に置いておくのは、あくまでお屋敷の格式を保つためだから。

人の多い屋敷なら、更にその下のホールボーイやペイジ・ボーイといった、かつてのシロのような更に若い見習いの少年従僕がいるものだが、ここではそういった子供たちですら解雇されてしまったようだ。

この先本当にここで働けるかはわからないが、食事のお礼も兼ねてシロはランプの手入れをすることにした。

「じゃあ、作業部屋は――」

シロがそう言って一式抱えて、なにげなく振り返ると、テーブルの食器が全て綺麗《きれい》に片付いていた。

「……え？」

「何か？」

「いや……いつの間に？」

　スゥと話していたのは僅《わず》かな時間だ。テーブルに背を向けていたのも。その本当に僅かな間に、いったいどうやって食器を片付けたのだろう？　誰かが出入りをする姿も、片付ける音すら聞こえなかったのに？

「マーサは仕事が早いですから」

　だのに驚くシロに、逆にスゥは怪訝そうに眉《まゆ》を顰めた。何がおかしいんだ？　というように。

「そ、そうなんだ……確かに、早いね……」

「作業部屋は地下です。私は奥様のお支度があるので」

「あ、待って。でもこの服で出かけて大丈夫なの？」

「何か問題が？」

「いや……だって、黒い服は着たらダメだって――」

　言いかけたシロを見て、スゥはゆっくり瞬《まばた》きを一つした。

「……大丈夫なんだ？」

「旦那様が亡くなられたばかりですから」

　そう言うとスゥはまたさっさと食堂を出て行ってしまった。

のだろうか。

確かに奥様は貴族だし、旦那様を亡くされたばかりの寡婦《かふ》なのだから、喪服は特例な

「………」

安堵《あんど》の息を吐いた後、もう一度シロはおそるおそる食堂を見回した。

ほんの一瞬だった筈《はず》なのに、食堂はもうすっかり片付いていて、僅かにパイの匂《にお》いが残るだけ、暖炉の火も弱くなり始めている。

この屋敷は、やっぱりなんだか変だ。

不意に気味が悪くなって、シロは慌てて食堂を後にした。

XI

使用人の作業部屋に行くのに、少しだけ迷子になったものの、幸いランプは手こずることなく、綺麗に掃除をして、芯《しん》を替えてやるとすぐに赤く燃えだした。

それよりも使用人たちの居場所である階下《ダウン・ステアー》にまで、こんなにも人気がないのは奇妙だし、なによりなぜだかキッチンの火が消えていた。

市街地にある新しいお屋敷だけあって、どうやらキッチンではガス火を使っているようだが……。

確かにすぐに火力の安定しない薪《まき》や炭のコンロとは違い、火が絶えてしまっても困らない。

とはいえ、そこはつい先ほど奥様の昼食を作ったキッチンには思えないほど、ぴかぴかに磨かれたように片付いていて、そして誰もいなかった。

肉と芋の焼けた微《かす》かな残り香がなかったら、ここで料理をした人間がいるとは到底思えないだろう。

「『マーサ』がいると思ったのに……」

まだ出会っていない使用人。

ハウスメイドかキッチンメイドなのだと思っていたけれど、ここにもいないなら、食堂は誰がどうやって片付けたのだろうか？

いくら使用人が三人しかいないお屋敷だからって、こんなに誰の姿もないのは異様だ。

まるで幽霊が働いてでもいるような、そんな気味の悪さを感じてしまって、シロは急に一人が怖くなった。

「……そうだ、馬車が来るんだ」

玄関で外からの客を迎えるのは、フットマンの大切な仕事の一つだ。理由を付けて逃げるように階上に向かうと、ちょうど馬車が来たところで、シロはギリギリ出迎えに間に合った。

馬車に乗り込む奥様は、夕べと同じように、シルクの黒くて長い外套《がいとう》と、黒いヴェールでしっかりと全身を覆《おお》っている。

同行するスゥも同じように、黒い外套に身を包んでいた。

「外は寒いわ。シロもこっちへいらっしゃい」

御者の隣に座ろうとしていたシロを、奥様が呼び止めた。シロは少し躊躇《ちゅうちょ》したが、確かに今日は天気が良いのに寒い日で、ここは奥様の誘いに甘えることにした。

「二人で行く予定だったんですか？」

確かにスゥは一人でも、腕っ節に自信がありそうだが。

「ええ、日が出ている間は仕方ないの……そういえば、貴方は夕べも彼に会ってないわね。オーブリーは死体も苦手だから」

「それは……得意な人なんて少ないと思いますけど」

少なくともシロだって死体に近づくのは嫌だ、墓地で働いていたとしてもだ。

「そうじゃないの、死体に近づくと自分も腐ってしまうんですって」

「へ？　腐る？」

「そう……たとえどんな姿でも彼は彼だと思うけれど、でも腐っているのは嫌でしょう？」

奥様はさも困ったように眉を寄せ、溜息《ためいき》を一つ零《こぼ》した。

またおかしな事を言うと思った。とはいえ高貴な育ちをした方は、時々不思議なことを言うものだ。シロは納得した風に頷《うなず》いて見せた――さっぱり意味がわからなかったが。

「馬は手放してしまったの。馬丁もいないし、大切にしてあげられるか自信がなかったから」

三人で馬車に揺られながら、奥様はぽつりと寂しそうに呟《つぶや》いた。

「なるほど。でも少し不便ですね」

「そうね、でもそれ以上に乗馬が出来ないのは少し寂しいわ」

「奥様は乗馬がお好きなんですか」

「ええ。だって馬の体はあたたかいし、見える世界が違うでしょう？」

奥様が無邪気に笑って答えた。黒い喪服は彼女をとても大人びた印象にさせるが、ヴェールの下はまだ若い女性なのだ。

そんな雑談をしているうちに、いつの間にか馬車は人通りの多い繁華街に入っていた。

「本当は、お医者様を屋敷に呼べたら良かったのだけれど」

その金銭的な余裕がなかったし、医師が嫌がるだろうから……と奥様は短い溜息をついて言った。

だから自分も医者に診せなかったのか……とシロは思った。複雑な気持ちではあったが、実際のところシロの回復力は普通ではないので、医者に診せると面倒だ。結果的にはそっちの方がありがたかった。

やがて馬車が歩みを落とした。目的地は路地の奥まったところにひっそりと建っている診療所だった。

冬の今は日が落ちるのが早い。いつの間にか空は茜色《あかねいろ》に染まっている。山の雪に映った夕日が血のようだ――不意にシロは胸騒ぎを覚えた。

三人で馬車を降り、診療所を訪ねた――が、休診中の札がかかったままだった。

「変ね。もう開いてるはずなのに……」

奥様が扉に触れる。と、それは鍵《かぎ》も掛けられておらず、ギィ、と開いた。しん、と人気がない診療所から、風が流れた。

「奥様！　ダメです！」

咄嗟《とっさ》にシロは奥様を制するように、ドアと奥様の間に身を滑り込ませた。

「なあに？」

「絶対に入っちゃダメです！　この臭いは――」

むわっとした鉄錆《てつさび》の臭い。それは診療所の奥から確かに、そして濃密に押し寄せてきたのだ。

シロにはもう馴染《なじ》みの臭いだ。獲った鹿はすぐに放血しなければ、肉が血腥《ちなまぐさ》くなるから。

そしてこれはそういう臭いだ。

少量ではない、大きな生き物が、命を失うほど血を流した時の臭い。

「引き返しま」

「スゥ」

これはどう考えたって普通ではない。慌てて奥様を馬車の方に押し返そうとするシロをヴェールの向こうから睨《にら》むと、奥様は代わりにメイドを呼んだ。

「はい、奥様」

「ちょ、ちょっと――」

従順に返事をしたメイドは、カチャリと軽やかな音を立てて左の義手を外し、タベシロの体を貫いた刃《やいば》をむき出しにすると、シロの制止など気にも留めない様子で診療所の中に消えた。

明らかに普通の状況ではないというのに、スゥは一人ずんずん奥に入ってしまう。

「お、奥様はどうか馬車で」

このままスゥを行かせる訳にもいかない。せめて奥様だけでも安全なところに――と、思ったシロを一瞥《いちべつ》し、奥様は平然と押しのけようとした。

「ダメです、危険かもしれないです。そうじゃなくても、きっと中は奥様みたいな貴婦人が見るような物じゃ――」

「日ごとに腐っていく夫の首よりも？」

「……え？」

奥様がシロを睨んだ。薄い黒い紗《しゃ》を通しても射貫《いぬ》くような、怒気をはらんだ鋭い眼差《まなざ》しに、シロは一瞬たじろいだ。

彼女が神話の怪物の一人だったならば、シロは石になっていただろう――そんな強い瞳《ひとみ》だったのだ。

「あ！　奥様！」

そんなシロの隙《すき》を見逃さずに、奥様が診療所に入ってしまったので、急いでシロも中に飛び込んだ。

本当だったらこんなところに入りたくはなかったし、一瞬――そうほんの一瞬――自分だけ逃げることも考えた。

別にそんな親しい関係じゃない。正式に雇用された訳でもなければ、むしろ奥様たちは自分を刺した相手ご一行なのだ。守る義理なんかないかもしれない。

けれどそう出来なかったのは、奥様が母のように美しかったからだ。

そして彼女を母のように死なせたくはなかったからだ。

母は貧しく、可哀想《かわいそう》な人だった。かつては貴婦人だった母と、今の奥様がどうしても重なって見えてしまったのだ。

「待ってください。せめて俺が前に行きます」

そうすれば、いざというとき彼女を逃がす時間が作れる——シロは奥様を背中に庇《かば》うようにして、診療所の奥を目指した。

少し薄暗い場所だった。

おそらく助手かメイドが立っていた受付はがらんどうで、カウンターの上に置かれた手持ち燭台《しょくだい》の蠟燭《ろうそく》は、全て燃え尽きていた。

奥には少し長い廊下が続き、いくつかの椅子《いす》と長椅子が向かい合うように置かれている。

古びてはいるものの、そのどれもが綺麗だった——が、奥に続く扉が少しだけ開いていた。

薄暗く、そして使い古した調度品とは少し不釣り合いの扉だった。そう、たとえばいけ好かない執事の部屋のドアのような。

シロは背筋に冷たい汗を感じながら、慎重にそれを押した——が、待っていたのはもう一つの扉だった。二重扉になっていたのだ。シロは少しだけほっとした。

扉の向こうには誰も隠れていなかったし、その向こうに凄惨《せいさん》な光景は広がっていなかった。

「…………」

けれど『診察室』と書かれた目の前のもう一枚の扉を見て、シロは思わず奥様を見た。何故《なぜ》ならドアノブのところに、真っ赤な手形と血しぶきのような染みがついていたのだ。

「お……」

「スゥ？」

『奥様はやはり馬車で待っていてください』とシロが言うよりも先に、奥様が少し緊張した声でメイドを呼んだ。

「ここです奥様」

その時、血のついた扉の向こうから、スゥの澄ました声の返事が響いた。シロと奥様はほとんど同時に安堵の息を吐き、そしてシロは覚悟を決めて、血のついた扉を開けた。

「う……っ！」

その診察室は、シロが想像していたよりもさらに無残な光景が広がっていた。

ドアの前と診療台には患者と思《おぼ》しき若い男が、拘束具のある椅子には老人が、窓から逃げようとしたのか、窓枠に手をかけたメイドが、こちらに背中を向けて絶命していた。

夕陽が差し込んだ診察室は赤、赤、赤――部屋中が血の海だった。

四人ともまるで鹿の血抜きの時のように、首を深く切られているようだ。

ようだ、というのは、シロにはそれを直視することが出来なかったからだ――人は鹿とは違う。

それに差し込む夕陽のせいで、落ちる影は長く、暗く、濃い。

その真ん中で、スゥが血のついたドレスの切れ端を手に立っていた。えんじ色のベロア生地だ。

スゥには表情がなかった。

奥様も何も言わなかった。

シロが呆然《ぼうぜん》としながらも踏み込んだ足を動かすと、乾き始めた血がにちゃ、と濃厚なソースのように糸を引いた。

シロはこみ上げてくる悲鳴と吐き気を必死に飲み込んだ。

かろうじてなんとか我慢が出来たのは、目の前の二人はこの光景に動揺していなかったからだ。

「お可哀想に……たとえお金がなくても、罪人でも、いつだって患者を選ばずに診てくれる、優しい先生だったのよ」

拘束椅子でがっくりと首の赤い裂け目を晒《さら》す医師を見下ろして、奥様が呟いた。

「子供の死体はありません。ドレスの切れ端だけです、奥様」

「奥のお部屋も見た？」

「はい奥様。奥にあったのは助手のカーターさんだけでした」

「そう……サリーが知ったら哀《かな》しむわね……エリーの方だったかしら」

「サリーもエリーもメアリも、彼と隠れて会っていたはずです、奥様」

「あら……いけないメイドたちね。じゃあ、子供の遺体は無かったってことね」

奥様が少しだけ眉を顰めた。今日の天気でも訊《き》くような軽い調子だった。

「はい。彼女たちのものもありませんでした……」

真っ赤に染まった世界で二人が平然と話すのを、シロはどこか遠くに聞いていた。まるで水の中にいるように、それはくぐもったように濁って響いて——気が付いたら、シロは床に膝《ひざ》をついていた。

「シロ、大丈夫？」

奥様が気遣うように声をかけてくれたが、答えようとした胸にせり上がってきた吐き気を、なんとか堪《こら》えようと、ぎゅっと片手で胸元を握りしめ俯《うつむ》くのが精一杯だった——と、その時壁に寄りかかるように息絶えたメイドのエプロンのポケットから、こぼれそうになった小さな缶が光った。

「……タフィーだ」

それはシロが修道士に託した、ベッキーへの贈り物だ。缶入りのタフィー。甘くて、バターがとろけていて、ナッツのサクサクとした食感が最高なタフィー——『笑って』の文字に、赤い血が染みこんでいる。

「そんな……」

じわっとシロの両目に涙が浮かんだ。心のどこかでは攫《さら》われた子供はベッキーではないかもしれないと思っていたし、それを期待していたのに。

「どうしてこんな……」

シロが掠《かす》れた声を絞り出すと、奥様はゆっくりと首を横に振った。

「わからないけれど……ここに子供の遺体がないということは、おそらくはあの子が目的でしょう。血が乾き始めているわ。みんな朝早くに襲われたのかもしれないわね」

奥様たちがベッキーを医師に預けたのは、夜明け前だったという。

「そうですね……受付の灯りが燃え尽きてた。蠟燭だって安くないんだから、朝日が昇れば消すはずだ。なのに全部燃え尽きてるみたいだった」

シロが言った。つまり灯りが不要になった頃にはもう、診療所の住人は『灯りを消せない』体になっていたということだろう。

「なんにせよ、ただ子供一人を攫うために、こんな何人も殺すのは普通のことではないわね」

そこまで言うと、奥様は短い息を吐いた。

「とにかく、もう仕方ないわ。これ以上ここにいて、面倒に巻き込まれるのは厄介だし、日も傾いているもの。わたくしたちも帰りましょう」

「はい奥様」

奥様はシロの肩をぽん、と叩《たた》いてから、スゥを伴って部屋を出ようとした。

「帰るんですか⁉　攫われたベッキーをこのままにして⁉」

思わず声を荒らげたシロを見た奥様の形良い唇から、小さな溜息が洩《も》れる。

「……何か勘違いしているみたいだけれど、わたくしは別に人助けに興味はなくてよ」

「じゃあなんで⁉」

「わたくしの目的とちがって残念だわ。そういえばご存知？『子供の生き血を浴びると若返る』んですって」

「え……？」

子供の生き血だなんて……それはなんとおぞましいことだろうか。ぐらり、とまたシロは目眩《めまい》を覚えた。

「じゃあ、まさかベッキーはその為《ため》に……？」

「それはどうかしら」

けれど奥様は、すぐさまそれを否定した。

「孤児一人に、これだけの命を犠牲にする必要があるかしら？　必要なものが『子供の血』であるならば、他の子供を攫えば良いだけよ。でもそうじゃないということは、きっとあの子でなければいけない理由があるのでしょう――だとしたら、わたくしには関係ないわ」

孤児の命を軽んじるわけではないが、とはいえ必要なのが『子供』であるなら、ベッキーを攫ったのと同じように、別の子供を攫えば良いだけなのだ。ベッキー一人に固執して、何人も殺すなんてリスクは見合わない。

であるならば、犯人の狙《ねら》いは『ベッキー』でなければならない。ベッキー自身に降りかかったトラブルと考えられる――と、そうわかったところで、このままシロは諦《あきら》められるとは思えなかった。

「勿論《もちろん》残るのは貴方の自由だけれど、このまま騒ぎになってしまったら、間違いなく貴方が疑われるでしょうし、この街の警察は勤勉ではなくてよ。一度出直した方が良いわ。いまのわたくしでは、貴方を守れない」

「…………」

諭すように、奥様が静かに言った。確かにシロはこの街の人間ではないし、家柄も誇れなければ階級も使用人だ。真実はなんであれ、罪を被《かぶ》せるのにはちょうど良い。

奥様の言うとおりだし、そして何より彼女が『守れない』と案じてくれていることに、シロの心は動いた。

それなのにこのままでは、奥様に迷惑をかけてしまうかもしれないのだ。

「わかりました……」

様々な気持ちをまたぐっと飲み込んで、シロは頷いた。

「いい子ね」

優しい声で奥様はシロの頭を撫《な》でると、メイドを伴って診察室を後にする。

シロは部屋を出る前に、事切れたメイドのポケットからタフィーの缶を取り上げると、それは軽く、中で数個のタフィーが転げるのを感じた。

蓋《ふた》を開けると、タフィーはもう三粒しか入っていなかった。

ベッキーはいくつ食べられたのだろう？　貧しい子供のポケットから飴《あめ》を盗んだメイドを、思わずシロは睨んだが、既に事切れたメイドのその青白い肌を前に何も言えなくなった。

結局シロは一粒タフィーをとりだし、メイドの手の中にそっと置いた。冥府《めいふ》に続く道で飢えてしまうのは可哀想だから。

XII

そっと人目を盗むようにして、三人で馬車に戻った。

シロのお仕着せと奥様は最初から黒なので、衣服についた血が目立つことは無かったが、スゥのエプロンは真っ赤だ。

エプロンを外させ、シロはお互いの手や頬についた血を拭《ぬぐ》う。

奥様はぼんやりと外を見ていた。沈むと決めた太陽は駆け足で、空はオレンジから紺に変わりつつある。

「あの子……無事だと良いけれど」

奥様がぽつりと呟いた。

「……奥様はどうして、ベッキーを墓場から救ったんですか？」

「………」

奥様はシロの質問に答える代わりに、じっとシロを見た。

「あの……人助けじゃないってさっき――」

「そうね」

「あの、じゃあ清掃活動っていうのは」

「………」

また沈黙が返ってきた。奥様の紫色の瞳は、日が沈むとより深い色で輝いている。

「……だったら、さっき子供の生き血がどうって言ってましたけど、それと関係があるんですか？」

「あの人は……夫はけして、若返りの秘蹟《ひせき》を求めていたわけではないわ。他にもたくさんの事を調べていたの。残念ながら、わたくしの手元に残っているのは、オーブリーが隠して守ってくれた、ごく数冊の本だけだけれど」

質問の仕方を変えたシロに、奥様はそっと目を細めた。

「彼は神秘学の研究をしていたの。夫はこの世の真理の探求者だった」

シロには聞き慣れない単語が続いたが、奥様は『神秘学』や『真理の探求者』という単語を、大切そうに丁寧に発音した。

「錬金術師という言い方をしたら良いかしら」

「金、ですか」

「実際に彼が作ろうとした物は、金ではないけれど。そうね……ただ彼は知識が欲しかったただけなの。人間が持てる中で一番神様に近い知識を、『叡知《えいち》』を」

「すみません奥様、そのよく……わかりません」

シロが申し訳なさそうに言うと、奥様は声を上げて笑った。

「そうね、ふふふ。わたくしもずっとよくわからなかった。でも」

スーッと奥様の美しい顔から、急に笑みが消える。

「わかってあげられていたら、わたくしは夫を失わずに済んだかもしれないわ。わたくしがもっと愚かではなかったら。わたくしがあと二十歳、いえせめてもう十歳でも歳を重ねていて、あの人と同じ速度で歩いていたら。もっと彼に近ければ」

「……奥様」

「わたくしが『小さなお嬢さん《リトル・ベル》』ではなく、『ヴァーンベリ夫人』としてあの人の側《そば》にいられたなら、彼を守れたかもしれない、邪悪な存在から」

「それはつまり……悪魔とか、そういう物ですか？」

西の国で、『悪魔が憑《つ》いている』と言われ、教会に殺されそうになったシロは、震える声で問うた。

「いいえ。もっと恐ろしい存在——『人間』よ。彼は利用されたの。陥《おとしい》れられて——大事な研究成果だけでなく、不名誉な罪を押し付けられ、罪人として名誉も命も奪われたわ。彼が生涯をかけて集めた書物も、何もかもを全部」

「罪人……」

「ええ。貴方も知っているでしょう？　イゾルデ公女を殺《あや》めた罪で、夫は処刑されたのよ。今でも弔うことを許されぬまま、その首を晒されているの。大罪人としてよ。こんな酷い事ってあるかしら……」

「あ……」

奥様が悔しげに、悲しげに声を絞り出すと、その両目から、涙がこぼれ落ちた。

そうしてようやく、シロは『ヴァーンベリ』が誰なのか、彼女が誰の妻であるのか理解した。

——でもあなた、ここがどこだかわかっているの？

ああ、やっとわかった。働きたいというシロに、奥様が見せた困惑の意味も、立派な屋敷に使用人はなく、お金もない理由も。

「……無理心中だと、聞きました」

「だとしたら、夫は先に逝《い》くでしょう。或《ある》いは確実に一緒に亡《な》くなる方法を選んだはずです。たくさんの毒や薬を知っているのに、何故わざわざ自分は死なない量の毒を使い、公女様には苦しんで亡くなる毒を飲ませたのか――絶対に彼は、自分一人が遺《のこ》るような不名誉は選ばないし、公女様を不必要に苦しめる方法を使うわけがないわ。それに」

奥様はきゅっと、形の良い下唇を噛《か》んだ。

「……それに夫は、絶対にわたくしを……わたくしの心だって、傷つけるはずがない」

騙《だま》されて、遺された可哀想な若い妻――と、そう思う事も出来るだろう。時に紳士とは残酷な事をする――シロの母が二度、『紳士』に騙され捨てられたように。

けれど目の前で怒りを両目に湛《たた》えて肩を震わせている、この美しい貴婦人は違うと、シロは思った。

母よりも美しい人――母のように可哀想な人。

けれどこの人は、母のように嘆くだけではない、儚《はかな》く消えてしまう人ではない。

氷のように冷たいけれど、その体の奥には確かに炎を宿した人だ。

「旦那様《だんな》は奥様を大切にされていたんですね」

シロが答えると、奥様は力強く頷いた。

「誰のことも傷つけるような人じゃなかった。だからいったい彼に何があったのか、わたくしは必死で調べたわ――夫を殺した悪魔が誰なのか」

そうして奥様は涙を拭《ふ》くと、紫色の双眸《そうぼう》と、緋色《ひいろ》の形良い唇を三日月のように歪《ゆが》め、にぃ、と笑った。

かさりとヴェールとドレスが音を立て、血の臭いのする黒いドレスのレースが、シロの手に触れた。

奥様がぐい、と身を乗り出すと、向かいに座るシロの耳元に唇を寄せたのだ。

「わたくしの望みは、『復讐《ふくしゅう》』よ」

それは低く響いた。吐息のように。或いは弔う歌のように。

「晒された夫の首が骨になるまで、忌々《いまいま》しい獣や虫、人々の視線から守りながら毎日考えた。遺されたわたくしが、あの人にいったい何が出来るのかって」

「……え？」

晒された夫の首が骨に――。

「まさかずっと、旦那様の首の側にいらっしゃったんですか……？」

「ええ、毎日通ったわ……だってわたくしに、他に何ができて？」

奥様が美しい顔を悲しげに歪ませて答えたが、シロは頭を殴られたような気持ちになった。

ではこの美しい人は、罪人として晒された夫の首が、腐り落ちて骨になるまで毎日通って、それを守り、見つめていたというのか。

なんという愛だろう。その愛の深さと強さ、そして歪《いびつ》さに、シロは言葉を失った。

「貧しくったっていいわ。奪われた財産の事はどうでもいい。だけど名誉は許さない。耐えられないの。あの人の名が汚《けが》されたままなのは」

美しく、少女のようだった奥様の顔がひっそりと邪悪に輝いた。だが、それは醜悪では無く確かに『美』であって、シロは余計に戦《おのの》いた。

「だからって復讐っていうのは……」

「いいのよ。復讐が正しいか間違っているか、それが甘いか苦いかだなんて、そんな事はどうだっていいの。夫以上の苦しみと、わたくしの以上の絶望を与えたいの。思いつく限り一番苦しい方法で、彼らの心も体も傷つけたいの。簡単には終わらせない。この世が一番の地獄なのだと教えてあげたいわ」

「お……奥様……」

「一晩中小夜啼鳥《ナイチンゲール》のように苦しみすすり泣きで囀《さえず》らせ、夜明けには明告鳥《にわとり》よりも先に大きな悲鳴を上げさせたい。どんなに後悔して、謝罪したって許してなんてあげないの。地獄に落ちるより先に、一番の恐怖と絶望を与えてあげる――わたくしはそのために、今は狩りをしているの」

嬉《うれ》しそうに歌うように告げる奥様の顔は、笑顔であり、そして悲しみに歪んでいるようでもあり、彼女は笑って泣いていた。

「夫を陥れた汚い人間たちを一人残らず破滅させ、夫の名誉を回復する。わたくしは半年間その為に準備をしてきた」

「じゃあそれと……今回の子供たちの誘拐に関わりが？」

とシロが聞いた刹那《せつな》、馬車がガクンと揺れる。

窓から見ると、ちょうど御者が力なくくずおれるところだった。

「な……!?」

代わりに手綱を握っていたのは見ず知らずの男で、身なりからして『路地裏』の住人だ。

男に蹴《け》り落とされた御者が地面を転がり、馬が嘶《いなな》いた。馬車が激しく揺れ、奥様が小さな悲鳴を上げ、シロの肩にしがみついた。

「くっ」

奇妙な人だ、奥様は。美しいけれどどこか普通じゃない。関わらない方がいいかもしれない——と、シロの心のどこかで警鐘が響いている。

だのにしがみつく小さな手と温度を背に感じた瞬間、湧《わ》き上がり、弾《はじ》けたのは『この人を守らなきゃ』という感情だった。

その時、カチンと軽やかな音を立てて義手を外したスゥが、乱暴に馬車のドアを蹴るのが見えた。

飛び出そうとするスゥの腕を、シロはすんでのところで摑《つか》み、そのまま反動で奥に彼女を押し込む。

奥様にはスゥが必要なのは一目瞭然《りょうぜん》だ。暮らしの上でも、護衛としても。

奥様のためにはスゥも無事じゃなきゃいけない。だったら、行くのは自分だ——そうだ、これは死に損ないの仕事だ。

「スゥは奥様を守れ！」

シロはそう叫んで、馬車から飛び出した。

迫ってくるゴロツキは四人。

幸い馬車は速度が落ちていたものの、四つん這《ば》いで着地すると、砂利で膝がえぐられた。けれどそんな傷はたいしたことではないのだ。シロはそのまま目の前の男たちに立ち向かった。

喧嘩《けんか》に慣れているわけではないし、荒っぽい事が好きなわけでもないけれど、シロも生まれたのは『路地裏』だ。

育ててくれた長屋の住人は、その殆《ほとん》どが『表』では暮らしていけない人たちだった。

彼らはそれぞれシロに生きていく術《すべ》を教えてくれた。それは使用人として働く術だけではない。

愛する人を守るために必要なのは力だ。何かあった時、母を守れるのはシロだけだと、その『方法』も教わった――躊躇《ためら》って、大切な人を失わないように。

先頭の男がシロに向かって杖《つえ》を振り上げた瞬間、四つん這いの低い位置から、跳ねるバネのように男の胸へ肘《ひじ》を入れた。

「が……っ」

骨の砕ける感触と共に、シロの怪力を胸にまともに受けた男は、そのまま地面に倒れ込んだ。

「こいつ……！」

その時、御者を襲った男がナイフを手に、後ろから襲いかかって来る。

「くっ」

寸前で躱《かわ》したものの、シロの白い髪が数本舞った。

渾身《こんしん》の力でナイフを突き出した男は、躱された勢いで上体を崩しかけた。シロはそれを見逃さずに、素早くくるりと足払いをしてナイフの男を転ばせる。

どすんと倒れ込んだ男の背中に肘を入れ、彼がぐふ、と呻《うめ》いたところで素早くナイフを握る手首を踏みつけ、ナイフを遠くに蹴飛ばす。

残った目の前の二人が、若干怯《ひる》んだ様子でシロを見た。

けれど一瞬後ずさった二人に、シロは迷わず飛びかかった。

そうだ、怯んではダメだ。容赦してはいけない。優しさや躊躇は油断になる。

敵だと思ったら迷ってはいけない。相手が殺すつもりなら、こちらは先に相手を殺さなければならない——と、先生が教えてくれたことを思い出す。

彼は賭《か》けキックボクサーで、相手を何人も蹴り殺したせいで、何度も捕まってしまったと言っていた。

彼は生来怖がりで、しらふでは自分のタガを外せない人だった。だからいつも酔っ払ってリングに上がる。酔った彼は手のつけられない狂犬だったのだ。

しらふで戦うのは恐ろしい事だ。冷静さを残したまま人を傷つけるのは。

けれどそうでなければ守れないものがある。

強くなるためには心を捨てなきゃいけない。鹿《しか》を撃つのと同じだ——生きるために殺す。

一番頑丈そうなどっしりとした体軀《たいく》の男が、がむしゃらにシロに飛びかかってきた。大きな手がシロの肩を摑んだと思うと、シロを背中から抱え上げ、しっかりと腕で頭を抱え込む。

「ぐ……っ」

男は腕でシロの首をへし折ろうとしたが、シロが暴れるので手がシロの口元に伸びた。ぐっと大きな手で鼻と口を塞《ふさ》がれる。

「う、ぐ……」

大きな男はシロを窒息させようとしているのだ。

シロの脳裏に死が過《よぎ》った——窒息は、まだしたことがない。

このまま意識を手放すという、甘美な誘惑の香りがした気がした。けれどそんなシロの目に馬車と、そして馬車からシロを見る奥様とスゥが見えた。

奥様がスゥに何かを言っている。

多分シロを救うようにスゥに言っているのだ——ダメだ。出てきちゃダメだ。

「ぐ……ううううう……」

シロは低く唸《うな》って、薄れそうになった意識を取り戻すと、顔を覆う男の掌《てのひら》に歯を立てた。

「うっ！」

巨漢が小さく呻いた。シロはそのままギリギリと男の厚い手を囓《かじ》り続けた。こうなれば我慢比べだ。シロの歯が肉を裂き、口の中に血が溢《あふ》れた。ガリリと筋と骨の感触に当たった。先に耐えられなくなったのは巨漢の方だった。

「ぐあああ！」

咄嗟に男はシロを突き飛ばすようにしてはねのけ、血の滴《したた》る自分の右手を左手で包み込んだ。

前屈《まえかが》みになった巨漢の隙を見逃さず、シロはその後頭部に容赦ない回し蹴りを加えた。巨漢はそのまま砂埃《すなぼこり》を上げて倒れ込む。

シロは口の中に残った巨漢の血と肉を吐き出し、ぐいっと腕で拭いながら最後に残った一人を探すように見回した。

「や……やめてくれ！　ゆるしてくれえ！」

残った一人、ベレー帽の男が悲鳴を上げて街路樹の陰に身を隠した。

といっても体はほとんど隠れていない。やれやれと思いながらも、シロは踏みとどまった——が、その瞬間、ベレー帽の男は胸元に隠していた銃を抜いたのだった。

『馬鹿《ばか》が』

とベレー帽の男の口が確かにそう動いた。けれど声は聞こえなかった。響いた銃声が全《すべ》ての音をかき消したと同時に、弾丸がシロのすぐ耳元——正確には耳たぶをかすめ、男のベレー帽ごと額を撃ち抜いたからだった。

「痛っ」

シロが呻いた瞬間、ゴリ、とこめかみに金属が押し付けられる。

銃口だ。

「誰に頼まれた？」

背後から声を掛けられた。

それまで、まったく気配を感じなかった新しい襲撃者に、シロは混乱と恐怖を覚えた。

シロは昔から、匂いや音に人一倍敏感だった。こんな風にすぐ後ろに立たれるまで気が付かないなんて、そうそうある事ではなかった。

「違います、俺は！」

その時だった。

「オーブリー！　その子は違うわ!!」

奥様が叫んだ。

が、それでもかちり、とトリガーが引かれ――だが、銃口はシロではなく、その向こうでよろりと立ち上がり、馬車の方へ向かおうとするどっしりとした男に向けられていたのだった。

どさっと男が倒れた。シロは全身から力が抜けるのを覚えた。

「なんだ、よく見たらうちのお仕着せじゃないか」

襲撃者が笑いをかみ殺したように言った——全然、まったく笑えないが。

「今、俺を本気で撃とうとしましたよね……」

「君が一番暴れてたんだから仕方ない」

襲撃者が肩をすくめ、微笑《ほほえ》んだ。シロよりも少し背が高く、夜のように黒い髪と瞳を持った男だ。

まだ若く、端整な顔立ちをしているので、執事というよりも第一フットマンか——いや、シロを見下ろす視線はむしろ貴族のようだと思った。上等な外出用のコートにシルクハットという出《い》で立《た》ちも、まるで使用人には見えない。

「貴方が執事のオーブリー……さん？」

「多分ね」

彼はそう答えると、シロの頬に飛んだ血を指先で拭った。

「もう血が止まっている」

「ああ……そう、ですね」

肉をえぐられたはずの耳たぶは、既に再生が始まっているようで、灼《や》けるような痛みと共に、疼《うず》くようなかゆみを感じて、シロは無意識に己の耳に触れた。

「手当ては必要ないな」

「はあ……」

それだけ言うと執事はシロへの興味を失ったように、倒れた男たちを見た。

この回復力の早さを気味悪いと思うそぶりがないのには驚くが、スゥ同様にこの人も謝らないんだ……とシロは思った。銃で耳たぶを吹き飛ばしたっていうのに。

とはいえ、ここで追及されても困るので、良かったと言えなくもないし、まずは安全確保が第一だろう。

襲ってきた男たちの生死は不明だが、三人はもう動かない。

唯一《ゆいいつ》かろうじてぜいぜいとうつ伏せで息をしていたナイフ男を、執事は落ちていた杖で、強引に仰向《あおむ》けに転がす。弱々しく呻いたナイフ男に、もう抵抗の色はない。

「スゥ、もう大丈夫だ！」

ナイフ男がもう既に息も絶え絶えなのを確認すると、オーブリーは馬車に向かって言った。

「奥様。だからお出かけは日が沈んでからにしてほしいと、あれほど……」

奥様がスゥの手を借りて馬車から降りて来るなり、執事が不満を漏らした。

「ただ診療所に行くだけのつもりだったんですもの」

「血の匂《にお》いがする」

執事が顔を歪め、慌《あわ》てたように奥様に駆け寄る。

「平気よ。わたくしのじゃないわ」

隣にいたスゥも頷いたが、執事は信じられないらしく、奥様のヴェールを上げさせ、顔や首、他にも本当に怪我《けが》をしていないか、念入りに調べ始めた。

「平気だったら」

奥様が拗《す》ねたように言った。

「平気じゃない」

それでも執事は信じていないそぶりで、そして奥様の肩に痣《あざ》を見つけたのだった。

「これは馬車が揺れたときにぶつけただけよ。だいたい痣も擦り傷も珍しくないでしょう」

「まったく君は成長しないな」

「貴方《あなた》に言われたくないわ」

シロは彼が主人に随分と無礼な口を利《き》く事に驚きながらも、奥様が大きな怪我をしていないことに安堵《あんど》の息を漏らしたのを見て、スゥ同様に彼の忠誠心の高さを知った。

夕方まで寝ているような執事だなんてどんな人なのかと思ったが、少なくとも奥様を大切にしているのは確かなようだ。

メイドといい執事といい、そして奥様といい本当に変な人たちだと思ったが、よく考えてみれば人のことは言えない。そっと触れた左の耳たぶは、もう完全に血も止まり、微《かす》かに疵痕《きずあと》に触れるだけになっている。

「それで、今度はいったい何を？」

「診療所を訪ねただけよ。子供は消えていて、中は血の海だった」

執事はそれを聞いて顔を顰《しか》めると、落ちていた杖を拾い上げ、持ち手でナイフ男の顎《あご》をくい、と持ち上げた。

「何故襲った？」

執事の問いに、ナイフ男はうめき声を洩らすだけだった。

オーブリーは仕方なくというようにふうと息を吐くと、杖で男の顔を横殴りにした。

「ガッ」

「答えた方がいい。今更私が何かを躊躇《ちゅうちょ》すると思うのか？」

オーブリーはもう一発杖でナイフ男を殴りつけると、男の体にまたがり、再び銃を胸から取り出した。

「ひ……」

ナイフ男が情けなく呻いた。

「お祈りが必要かい？　子守歌《ナーサリーライム》にしようか？　君のママは寝る前にいつも何を歌ってくれた？　私は金曜日生まれだから、きっと優しい子に育つんだと母はいってくれたんだが、君はどう思う？」

執事は歌うように言いながら、リボルバーから弾を抜くと、一発だけ戻して弾倉を回した。

「では、情け深い私が、君にチャンスをあげよう。弾は十二分の一。運良く十一回はずれたら逃がしてあげるよ」

そう言うなり、執事はためらいなく「一」と数え、引き金を引いた。

「ひぃいい！」

ナイフ男が小さく悲鳴を上げた。

「二……三」

チャンスといえば聞こえが良いが、助かる保証はない。だのに執事は容赦なく次々に引き金を引く。

「やめてくれ！　話す！　話すから！」

とうとう耐えきれなくなったように、ナイフ男が悲鳴をあげた。

「ただ診療所に来たヤツを襲うようにいわれただけだ！　雇われたんだ！」

「誰に？」

執事ではなく、奥様がナイフ男に問うた。

「い、石工と名乗っていた」

「『石工』ね」

小さな声で繰り返した奥様がきり、と忌々しげに唇を噛む。

「本当にそれしか知らないんだ……襲おうとして悪かったよ、あんたらに恨みがある訳じゃないんだ」

ナイフ男が弱々しく言った。

執事が確認するように奥様を見ると、奥様は「もういいわ」と短く答えた。

執事はもういいという風に、銃を下げた――が、刹那、もう一本隠し持っていた、男のナイフが閃《ひらめ》いた。

「オーブリーさん！」

だが、咄嗟《とっさ》のシロの叫ぶような声は、また銃声によってかき消された。

「『二本目』を持っているのが、なんで自分だけじゃあないと考えないかね」

呆《あき》れたように言う執事の手で、もう一丁、フリントロック銃が煙を吐いていた。

「だ、大丈夫ですか？」

慌ててシロが駆け寄ると、執事はナイフ男の亡骸《なきがら》から離れ、肩をすくめる。

男は額に銃弾を受けて完全に絶命していた。

「貴方のお母様が、子供に子守歌を歌うような方だったなんて知らなかったわ」

奥様が呆れたように執事に言った。

「へえ、そうなんだ。奇遇だね、私も今初めて知ったよ」

悪びれもせずに執事が答える。

「相変わらず嘘《うそ》つきね」

奥様が顔を顰めると、執事はにっと笑ってみせた。

「人が集まってきます」

そんな二人のやりとりを黙って眺めていたスゥが、周囲を見回しながら言った。

「確かに。面倒な事になる前に、大通りに出て馬車を探そう」

執事はそう言ってシロに自分のコートを放ってよこした。シロはきょとんとした。

「シャツの血が目立つ」

「あ……は、はい」

慌ててシロはコートを羽織った。汚れてしまうと思ったが、シロが着る前からコートには既に血がついている。どっちにしろ綺麗《きれい》にするのはきっとシロの仕事だ。

シロと執事に限らず、全員血まみれだったが、日が落ちたこともあって、黒い服なら周囲に気が付かれないだろう。

けれど馬車を探して大きな通りまで出ると、呼売の女性が「ヒッ」とシロたちを見て悲鳴を上げた。

血だらけだとばれたのだろうか？　焦《あせ》ったシロのその目の前を雪玉がヒュッと横切った。

「魔女だ！」

そう言って雪玉を奥様に向かって投げていたのは、物売りの少女だった。

幸いスゥが奥様を雪玉から守ったので、奥様は無事だ。たかが雪玉とはいえ、中に石でも入っていたら大変だし、なにより貴婦人に雪玉を投げつけるなんて。

だのに少女は、まるで奥様を敵のように睨《にら》んで、新しい雪玉を投げつけてきた。

「な……っ」

慌ててシロも奥様を庇《かば》った。スゥが少女を牽制《けんせい》するように睨んだ。けれど気が付けば通りを行く人々も、一斉にこちらを睨んでいるのだった。

「ああ禍々しい、悪魔のよう！」

「なんて恐ろしいの!?」

「黒いドレス……まさか気狂い女に出くわすなんて……」

奥様を見て、まるで化け物でも現れたように、わあわあ人々が騒ぐのを聞きながら、シロは怒りがふつふつと湧き上がるのを覚えた。

スゥもだ。普段は人形のように無表情な顔を、露骨に怒りに歪めている。

「おやめなさい」

そんな二人を制するように、奥様が静かな声で言った。

確かにここで誰かを傷つけるような事をすれば、ますます奥様の立場が悪くなるだけだ。

「今すぐに新しい馬車を探します」

「いらないわ」

なんとか怒りを飲み込んでシロが答えると、奥様は首を振った。

「え？」

「馬車はいらないと言ったの。必要ないわ」

「……どういうことですか？」

きょとんとしたシロに奥様はにっこり微笑むと、空を仰いだ。

「だって月が綺麗ですもの、このまま歩いて行きましょう」

「え？　つ、月、ですか？」

確かに上ってきた満月まであと数日の月は大きく、金色で美しかった。でも奥様はいったい何を言っているのだろうかとシロは困惑した。

「本当にいいんですか……？」

シロは確認するように執事を見た。肝心のオーブリーは「さあ？」という風に、無責任に首を傾《かし》げただけだったが。

どうしたものかとシロは再び奥様と、そして群衆を見た。

幸い群衆は、直接奥様に危害を加えようとするほど攻撃的ではないようで、まるで腫《は》れ物に触るように、怯《おび》えた様子で遠巻きに奥様を見ているだけだったが、何がきっかけで状況が変わるかはわからない。

それにスゥだ。彼女はまるで怒った猫のように、周囲を威嚇《いかく》するように睨んでいるし、もし何かあれば——もしくは奥様がそうしたいと望むなら、迷わず人々に飛びかかっていきそうな危うさがあった。

「奥様、やっぱり危険です。どうか馬車に——」

奥様が襲われるのは勿論だが、スゥが街の人を傷つける事だって、奥様には不都合だろう。

「え？」

「危険ですって？　なぜ？　このわたくしが臆《おく》すというの？」

奥様を少しでも守ろうと、前に出たシロの手を奥様が払った。

「ここから逃げたりなんてしないわ。アナベル＝ローズ・ヴァーンベリは、恥じることも、何かを悔いることも、隠れる必要もない。わたくしは何一つ間違っていないのだから」

月影を背負い、月よりも冴え冴《さ ざ》えと輝くような凛《りん》とした顔で、奥様がきっぱりと言った。

たとえ周囲が何と言おうと、逃げも隠れもしない——その誇り高い毅然《き ぜん》としたお姿を前に、思わずシロは言葉を失った。何かを言える訳がなかった。

「違って？　オーブリー」

「いいえ、仰《おつしや》られる通りです奥様。参りましょう」

あまりに眩《まぶ》しいくらいのお姿を前に、執事は楽しそうに、慇懃《いんぎん》な仕草で奥様の手を取る。

奥様は騒ぐ人々を睨んだりするどころか、見もしない。目にすら入らないと言ったそぶりだ。

群衆は胸を張るようにして歩き出した奥様に、驚いたように退《ひ》いていく。

まるで海に輝く月の光の道のように、奥様のための道がさっと開いた。

この国では罪深い喪服を纏《まと》い、黒の貴婦人が悠然と歩く。

「…………」

だけどもし奥様が危険な目に遭ったらどうするつもりだろうか。先ほどのように、また別の誰かに襲われるかもしれないのに……とシロは惧《おそ》れた。

「平気よ」

「え？」

「心配だというなら、お前がわたくしを守りなさい」

頭を過る不安を飲み込めないまま、思わず立ちすくんだシロを見据えて奥様が言った。

それは誓いのように——或いは呪《のろ》いのように——シロの胸に深く突き刺さった。

内心、どこかで彼女を疑っていた——いや、信じていなかったという方が正しいか。

彼女も愛する夫に騙されていた、可哀想《かわいそう》な妻なのだと思った。

けれどそんな自分に、奥様は守れと言った。その命を。彼女がまだ出会ったばかりのシロを信じると言うのに、どうしてシロが信じずにいられるだろう？

「はい奥様……必ずお守りします」

恥じて身を引くのは、間違っている群衆の方だ。奥様には何一つ曇ったところはない。堂々と歩き出した四人を前に、人々は次々道を空けながらも、まだ何か言っていたようだ。けれど聞く必要はなかった。貴婦人がそんな雑音に耳を傾ける必要はないのだ。

気が付けばそこは、いつだったかシロがヴィクトリア公女の馬車を見送った場所だった。

夜の月の下、あの時の公女とは逆の方向に進む奥様は、誰よりも気高かった。

XIII

幸い大通りを抜けたところで、ちょうど顔見知りの荷運び馬車を見かけて声を掛けると、御者は親切にも四人を乗せて運んでくれた。

幌《ほろ》付きとはいえ荷馬車に貴婦人を乗せるということに、優しい御者は恐縮しているようだったけれど、どうやらシロがちゃんと働き先を見つけたらしいと知って、快く応じてくれた。

遠回りになるというのに、働き先でシロに恥をかかせられないという。

お礼を渡したが、御者は「何かの時の為《ため》にとっておきなさい」と、そのままシロのポケットに返して来た。

「もし行き先が見つからないようだったら、うちに来ないかと誘おうと思ってたんだよ。お前さん真面目《まじめ》そうだし、力持ちだから」

そう少し残念そうに言う御者に見送られて、屋敷へ戻った。そういう道もあったかもしれないと思いながら、シロの足取りは少しも鈍らなかった。

帰るなり、奥様は身支度を調えて、また出かけると言う。とはいえ三人とも血で汚れている。全部綺麗に洗い流してからでなければ、どこにも行けない。

大急ぎでお湯を使う準備をしようと思ったシロだったが、オーブリーが空いている使用人の部屋に案内してくれた。するとそこには既に、温かいお湯と着替えが用意されていた。

準備の良いことだと思った。

オーブリーにお礼を言ったが、彼の話ではどうやら用意をしてくれたのはマーサらしい。

挨拶《あいさつ》をしたいのに、なかなか会えないな……と思いながら、シロは用意されたお湯で血を洗い流した。

桶《おけ》の中のお湯が赤く濁っていくのを眺めながら、診療所での惨劇を思い出す。そして自分の手で傷付けてしまった暴漢たちのことも――シロの手が震えた。

昂《たか》ぶっていた感情が鎮《しず》まっていくにつれ、手に生々しい感触が蘇《よみがえ》ってくる。

こみ上げてきた吐き気を、血の臭《にお》いが助長して、シロは慌てて廊下に飛び出した。外の空気が吸いたかったが、自分の部屋に窓はなかったからだ。

「…………」

けれど飛び出した廊下の窓はどうやら嵌《は》め殺しのようで開かなかった。夜になって急に冷えてきたのか、窓に雪の結晶がシダのような模様を描いている。

それを指でなぞった後、シロは窓硝子《ガラス》に額を押し付けた。

――それでも、奥様とスゥが無事で良かったじゃないか。

冷たさがシロの揺さぶられた心を、そっと冷やしていく。

大丈夫だ。これで良かったんだ。あとはベッキーさえ救えたらいい……救わなきゃ。

ここでこんな風に、動揺している場合じゃない。

腰にタオルを巻いただけの半裸だったので、廊下は寒かった。

叫び出しそうだった感情をなんとか飲み込み、部屋に戻ろうとしたシロの頭に、不意にタオルがかけられた。

「え？」

「うちで働きたいって？」

振り返るとそこにいたのは執事のオーブリーで、彼はくわえタバコのまま、シロの頭をがしゃがしゃとタオルで拭いた。

「お……お許しいただけるのでしたら」

「………………」

飼い犬を拭いてやりでもするように、片手でやや乱雑に押し付けられるタオルから逃げ、ぶはっと息をしながらシロが答えると、執事は怪訝《けげん》そうに黙った。

「この家が今どんな状況か――」

「わかっていると思います。お給金もいりません」

「………………」

おかしなことを言うという風に、執事は眉間《みけん》に皺《しわ》を寄せて首を捻《ひね》った。当然だろう、使用人が無給で働きたいと自分で申し出るなんて。

「行くところがないので……冬の間屋根の下に置いていただけるなら、その分働きます。あと猟銃を貸していただけたら、猟に出て自分の食い扶持《ぶち》くらいは稼げます」

そうすれば、奥様にお出しする料理だって、もう少しマシなものに出来る筈《はず》だとシロが言うと、執事は煙を吐き出した後「まあ、いいか」と呟《つぶや》いた。

「知っての通り、いまこの家に使用人は殆どいない。私も元は執事ではなくエイブの——主人の友人だ。長らくこの家に厄介になっていて彼には恩があったし、アナベルの家庭教師をやっていたこともある。一人になったあの子を放っておけずに、執事として残ることにした」

「ああ」

なるほど、道理で尊大な態度というか、執事らしくないと思った……とシロは納得した。いくら使用人棟だからって、勤務時間中にくわえタバコなんかしている執事は見たことがない。

「じゃあ……」

「準貴族《ジェントリ》だったが、両親は早くに亡くなり、たった一人の妹もいなくなってしまった。財産もとっくに尽きた——そもそも私はこの国の人間じゃないし、ここではただの『オーブリー』だからね」

「なるほど……」

紳士の客人というからには、それなりに地位のある人だと思ったが、そういう事ならこの有事に形だけの執事役を買って出た……というのは納得できなくもない。

準貴族とはいえ、高貴な人が使用人のように働くというのは異例だとしても、おそらくそれだけ奥様を見捨てられなかったのだろう。

「奥様はやっぱりご生家にはお帰りになれないのですか？」

「あの子の母親は娘を愛していないんだ。アナベルは父親の死後、十歳やそこらで彼の旧友だったヴァーンベリ家に、僅《わず》かな持参金で嫁がされたんだ」

そんなに幼いうちに……だからオーブリーが家庭教師を務めたと言っていたのかと、シロは納得したように頷《うなず》いた。

だったら主《あるじ》亡き後、おそらく給金も満足にもらえず奥様に仕えているスゥも、奥様が幼いうちからお側《そば》にいるのだろう。

奇妙な使用人たちだと思ったが、つまりはきっと、彼らは本当に奥様の『家族』なのだ。

――優しい人たちじゃないか。

シロはそう思うのと同時に、自分を育ててくれた長屋の住人たちの事を思いだした。彼らも確かにシロにとって家族だった。

「……俺も心より奥様にお仕えします」

「そうか。私は日の光が苦手な性分でね。火傷《やけど》をしてしまうから日中は動けない。だから確かに昼の間の男手が欲しかったんだ。来客は殆どないとはいえ、誰かを迎えるのにスゥは無愛想過ぎるから」

それにやはり、ドアを開けて対応するのは、男性使用人の仕事だ。フットマンの。

使用人には人前に出て働く者たちと、お屋敷の妖精《ようせい》のように息を潜ませて働く者たちの二種類が存在する。

本当の執事ではないとはいえ、執事は『家』の品格を保つために存在するのだ。やはりお屋敷の格式のため、『妖精』であるメイドに応対させたくないのはわかった。

「だけど、もし奥様相手に変な気を起こしでもしたら、今度は耳じゃなく頭を撃ち抜く」

「わ、わかってますよ、当たり前でしょう!?」

もう既に痕だけになったシロの耳たぶの傷を、指で確認するように探ってから、執事は半笑いで言ったけれど、多分本気だろうとシロは震えた。

スゥ同様に彼が奥様を大切にしている事はわかるし、奥様が亡《な》くなったご主人をどれだけ思っているか、この短い時間で思い知らされたのだ。おかしな気など起こすはずがない。

「ただ俺は……俺の母も昔は貴婦人で、だけど全部失って、可哀想な一生を終えた人だったんです。だから奥様にはそうなって欲しくないんです。奥様を見ると母を思い出すから」

「…………」

そんなシロの説明を、執事はなんだか面白くなさそうに聞いて、フンと鼻を鳴らした。

「じゃあ、遠慮なくこき使わせて貰《もら》おう。あとは……まあ、おいおいわかるだろう。うちが少し普通じゃないことは」

「それは……そう、ですね」

少しか？　と思いながらも、シロは頷《うなず》いた。

血の海の中でも平然と笑う黒衣の貴婦人《ブラックウィドウ》。おおよそ執事らしくない執事に、ヤマネコのように警戒心が強く凶暴なメイド。

よく気が利くのに、一向に姿を見せないメイドもいる。

だが、そういうシロも普通ではないのだ。

「困ったことがあれば私か、スゥに聞けばいい。あの子も奥様に必要な事なら教えてくれる」

「わかりました」

「すぐに支度をしなさい。彼女は少しせっかちなところがある。貴婦人では身支度の早いほうだから」

「は、はい」

血の臭いに参っている場合じゃない。シロは慌てて部屋に戻り、血を洗い流して身を清め、新しい制服に身を包んだ。

まるであつらえたようにぴったりとした上着を羽織ると、内側の胸ポケットの所に

『S.V.』という刺繍《ししゅう》が入っているのに気が付いた。

前の持ち主のものなのだろう——彼が今どこで働いているかは知らないが、シロは感謝しようと思った。お陰で自分がここで働けるのだから。

元々墓地よりもお屋敷仕事がしたかったのだ。奇妙なお屋敷だし、苦労するのは目に見えていたけれど、不思議と不安はなかった。

支度を終えて部屋を出ると、ちょうど使用人を呼ぶベルが鳴っていた。

向かおうとして振り向くと、作業台の上にいつの間にか紅茶が用意されていた。奥様用だろう。冷めないうちに慌てて奥様の部屋に向かうと、奥様はもう着替えを終えられていて、スゥではなくオーブリーが奥様の髪を結っている所だった。

「……オーブリーさんがお支度を手伝われるんですか?」

「人がいないんだから仕方がないだろう? スゥも身支度が必要だったから」

驚くシロにオーブリーが肩をすくめて答えた。確かにスゥが一番血まみれだったはずだ。

とはいえ執事が……と思ったが、大変器用なものでオーブリーは奥様の髪を整え、白銀の髪にアメジストの輝くピンを刺していた。

「…………」

だとしても、やはり男性である執事が、貴婦人である奥様のお体に触れるというのは……。

「心配しなくても、オーブリーは女の人が好きじゃないから良いのよ」

そんなシロの困惑に気が付いたのか、奥様が苦笑いで言った。

「女性の血は甘すぎる」

「は、はあ……」

血が甘い？　聞き慣れない言い回しだったが、北の方の慣用句か何かなのだろうか？

と思いながら、シロは紅茶をカップに注ぎ、奥様に差し出した。

「でもこんな時間に、いったいどこに行かれるんですか？」

「石工よ」

「石工？」

「ええ。馬車を襲った男たちは、石工に雇われたと言ったでしょう？」

「ああ……」

そういえばそんなことを言っていた。石工に雇われたのだと。

奥様は受け取った紅茶を一口飲んだ後、鏡台にあった写真を一枚シロに差し出した。

そこには身なりの良い男女が写っている。

女性は椅子《いす》に座り、背もたれに手をかける形で立っている男性は痩《や》せ型で、手足が長く、神経質そうな顔をしている。

　女性もほっそりとしていて、夫婦のようだが、なんだか妙に雰囲気の似た二人に見えた。

「ヴィクター・フランクストン……夫の友人で、男爵《だんしゃく》家の四男よ。でも医学を学んだ後、『何故《なぜ》か』トントンと兄が三人とも怪死したため、彼が男爵位に就いたの。フランクストン家は採石事業で財をなしたから、彼は時々自ら『石工』と名乗っていた」

「その人がどうして俺たちを？」

「……半年前、わたくしの夫が処刑されたすぐ後、彼の息子も亡くなったの。ヴィクターは妻と、その忘れ形見である一人息子のウィリアムを溺愛《できあい》していたわ」

　奥様はもう一口紅茶で唇を湿らせた後、深い溜息《ためいき》をつき、暗い目で静かに語り出した。

　旦那様が亡くなる数ヶ月前、親しくしていたのはフランクストン男爵だったという。

　医学と神秘学、どちらにも精通していたヴァーンベリ伯爵と、医師でもあるフランクストン男爵は、共通する話題こそあっただろうが、陽気で温厚、誰もが親しみを覚える伯爵とは対照的に陰鬱《いんうつ》で寡黙《かもく》だった男爵とは、性格的にあまり合っているようには見えなかった――と奥様は言った。

「だけれど、月に数回、多い時は週に何度かヴィクターは我が家を訪れて、そして二人で遅くまで、何か話し合っているようだったわ。夫は神秘学の話となると、いつもそんな風に前のめりになる人だったから、当時はおかしいとは思わなかったけれど、でも……」

逆にフランクストン男爵らしくなかったといえばらしくなかった。彼はいつも飄々《ひょうひょう》として、今にも折れそうな細い体に長い手足も相まって、どこか人間らしくないというか、悪夢に出てくる黒い影のようだった。

物事にあまり興味を持つそぶりもなく、空虚で、いつも生きているか死んでいるかわからないような目をしていた。

「昔はそこまでではなかったけれど、妻のエリザベスが血の病で亡くなってからは、からっぽになってしまったのね。息子も同じ病だとわかってからは、きっとなんとしてでも息子を救おうとしたのでしょう」

「それで、その……旦那《だんな》様の『神秘学』にもすがったって、そういう事でしょうか？」

「…………」

奥様は少し神経質そうに指先で、トントンと椅子の肘置《ひじお》きを叩《たた》いた。さすがに使用人で、しかも会ったばかりのシロに話すかどうか、少し悩んだようだった――が、彼女はアメジストの瞳《ひとみ》でじっとシロを見つめた後、シロの質問の肯定というよりは、自分を納得させるように一つ頷いた。

「彼は……ヴィックは妻をとても愛していたのよ。二人は元々幼なじみで、彼は病弱だったエリザベスを治す為に医者になり……そして彼女を静かに過ごさせる為、治療費のために男爵の座に就いた。それでも救えなかった妻の忘れ形見である息子が、彼のすべてだったのでしょう。だからもしヴィクターが夫を売ったなら、おそらくその原因は彼の息子に関わることだと思うの」

「売った？」

「夫が処刑されたあの日、内通者がわたくしに手紙と写真を送ってきたの――『七人の怪物が彼を殺した』と」

「それは信用できる物なんですか？」

「ええ、多分ね……七人とも、夫の特別な友人だったから」

特別な友人、という言い方は奇妙だと思った。親密だとか、古い友人というならともかく。シロは少しだけ怪訝そうに眉《まゆ》を顰めた。

「ヴィクターはその一人だった……でも確かに彼は目的のためなら手段を選ばない男だけれど、興味のない事に関わる人じゃない。少なくともイゾルデ公女の殺害に関わるような」

「じゃあ、別の理由があったっていうことですか？」

「ええ、そうね。夫は……とても賢明な人だったの。とくにその『叡知《えいち》』は、誰彼構わず授けたりしなかったの。おそらくヴィクターにも。だから彼は夫の殺害に手を貸して、夫からその『叡知』を盗んだのだわ」

「『叡知』っていったい……」

聞き慣れない言葉の意味を、聞き返す空気ではなくて、シロはそのまま口を噤《つぐ》んだ。

それに、それが何か希少な物、希有《けう》な事だということぐらいはわかる。

「ここ半年の間に、遺体が盗まれる事件が多発した時期があった。遺体が盗まれることは別に珍しいことじゃないわ。新鮮なら肉も取れるし、皮膚から羊皮紙や革製品も作れる。脂肪は石鹸《せっけん》や蠟燭《ろうそく》になるでしょう……それだけならわたくしもとくには気にしなかった。けれどそれがやがて子供だけになって……そして最近では、身寄りのない、生きた子供になった」

確かカカシの前任も、そういうことをして役目をクビになったと聞いた事があるし、確かにそういうことをして稼ぐ人間がいるのはシロも知っているが。

「じゃあ、その人がベッキーを……？」

「ええ……もしかしたらヴィックは、息子を愛するあまり、冒瀆《ぼうとく》的な魔術に傾倒しているのかもしれない。でも、これは憶測だけ。だから直接現場を押さえたかった」

怒ったようにきゅっと唇をすぼめて奥様が言った。

「……でももう良いわ。こんな風にあちらから声を掛けてくださったんですもの、わたくしもご挨拶に伺いましょう」

「でもさすがにこんな時間に訪ねて、追い返されやしないでしょうか？」

シロが困ったように言った。時計を見ればもう十九時を過ぎている。

「昼間伺ったって同じでしょう？　それにわたくしは寡婦だから、何をしたっていいのよ」

「そういうものなんですか？」

確かに未婚の女性と違って、既婚女性は出歩きやすいのは確かだろうが。

「それにわたくしを殺そうとしたんですもの、わたくしだって同じ事をしても良いでしょう？」

奥様が声を上げてころころと笑った。つられたように執事も笑っていたが、シロは一ミリだって笑えないと思った。

XIV

フランクストン家のタウンハウスは、ヴァーンベリ家のよりも大きく重厚で、シロは西の国でお仕えしていたご一家のことを思い出した。

旦那様は西国の貴族の中では柔軟な発想と思想の持ち主ではあったが、お屋敷自体は格式のあるお宅だったのだ。

そんなお宅をこんな時間に訪ねるのは、正直気乗りしなかったが、とはいえ奥様が言うように、フランクストン男爵がベッキーを攫《さら》った犯人かもしれない。

ベルを鳴らすと、シロより少し背の高い立派なフットマンが、奥様の黒い出で立ちにぎょっとした後、それでも作法通りに頭《こうべ》を垂れた。

「旦那様はご不在ですが……お訪ねになる家をお間違えではありませんか？」

「いいえ、ヴィックに会いに来たのよ。彼はどこ？」

「お約束が？」

奥様の無作法にしっかり不快感を示しながらも、行儀良くフットマンは対応する。

「約束なんてないわ、でも彼に話があるの。ヴァーンベリ夫人が来たと伝えなさい」

「ヴァーンベリ……」

奥様がヴァーンベリだと名乗ると、フットマンはますます顔を顰めた後、少しお待ちくださいと言って屋敷の中に消え、そこからシロたちはたっぷりたっぷり待たされた。

奥様が風邪を召されるんじゃないかと心配になった頃、ようやく出てきたフランクストン家の執事は、奥様の顔を見て不快感というより、困惑に顔を歪《ゆが》めた。

「こんな時間にいったいどうなさったのですか？」

「ヴィクターに用があってきたの」

「お約束があるとは伺っておりませんが……」

「まぁごめんなさい。わたくし、爵位と一緒にマナーもどこかに失《な》くしてしまったみたい」

確かに事前に約束もなく、お邪魔する時間ではないのだ。けれど奥様は困った顔の執事に軽やかな笑顔を返したかと思うと、その眼差《まなざ》しを急に鋭いものに変えた。

「——いいえ、違うわ、奪われたのよ。貴方の主たちによってね」

「ヴァーンベリ夫人……」

フランクストン家の執事はますます困ったように視線を落とすと、溜息を一つ洩《も》らした。

「ですが……旦那様は不在でございます」

「あらそう？」

「お通ししないよう言いつけられているわけではございません。本当にご不在なのです」

慌てて執事は念を押すように言ったので、奥様がフン、と鼻を鳴らす。

「ではいつお戻りなの？」

「お答えしかねます」

「じゃあ質問を変えるわ。彼は今どこに？」

「それもお答えできません」

「…………」

奥様が形良い眉を歪め、眉間に皺を寄せた。

「わからないんです、私たちも」

その時、一人のメイドが、執事の後ろから言った。

「テレサだったかしら……どういう事かしら？」

奥様が怪訝そうに言った。以前フランクストン夫人の侍女だったメイドだという。

フランクストン家の執事はテレサを窘《たしな》めるように睨んだが、彼女は「だって心配じゃないですか！」と反論した。

彼は更に何か言おうとしたが、テレサと奥様を見比べて、結局また溜息を一つ洩らした。その顔には諦《あきら》めと苦労の色が滲《にじ》んでいる。

「それが……私どもも本当にわからないのです。実は旦那様がここ数日お帰りにならないのです」

「数日帰らない？　いつからいらっしゃらないの？」

「四日前からです……奥様と坊ちゃまが亡くなられてからは、一晩二晩お帰りにならない事は、珍しいことではなかったのですが……それ以上となると、必ず使いをよこしてくださいました」

フランクストン家の執事が暗い表情で言う。

「確かに……彼はそういう人よね」

けれどそれは奥様も納得したようだ。ヴィクターは気まぐれな男でも、放蕩《ほうとう》な類《たぐ》いでもないのだ。

「……他に親しい方は？　別邸はお持ちではないの？」

「おそらくどこかにあるかと思います——が、場所がどこなのかは私たちも知らされておりません」

「調べもしていないということ？」

「…………」

執事は俯《うつむ》いた。

「お慰めしてくれる方がいらっしゃるのでしたら、そちらの方が安心だと思っていましたが……」

ヴィクターはまだ壮年の男性なのだ。愛人だとか、囲っている女性と一緒にいるならば、執事が口を出す事ではないと思っていたらしいのだが。

「愚かなことを。ヴィクターを慰められるような方は、この世にはもういないでしょう」奥様は冷ややかに答えた。

「ヴァーンベリ夫人の仰られる通りだと思います」

そう再び口を挟んだのはテレサだった。

「旦那様はエリザベス様がすべてです。どんなにお寂しくとも、他の女性や男性に縋《すが》られるようなことは絶対にありません」

テレサが断言した。「テレサ、わきまえなさい」と執事は彼女を遮ろうとするが、テレサは黙らない。

「だってこのまま旦那様にまで何かあったらどうするんですか⁉」

そう執事に反論してから、彼女は山の教会の方を指差した。

「山の方だと思います。小さいですが、古い別荘があるはずです——何回かこっそり後をつけたことがあったのですが、でもいつも途中で見失ってしまって……」

どうやらヴィクターは暗い時間に、しかも一人で馬を駆って出かけていたらしい。

「身の回りをお世話したり、気遣ったりしてくれる方と一緒ではないと思います。お帰りになる度お窶《やつ》れになっていて、お髪《ぐし》やお召しものも……この所は特に、お食事も睡眠もきちんととられていないような、そんなご様子だったんです」

そうテレサが心配そうに言った。彼女も主人を思う優しい使用人なのだろう。

「……おかしいと思ってお伺いしても、答えてくださる方ではありませんし、機嫌を損ねてしまわれるのです。とはいえ坊ちゃまが亡くなられてもう半年が経《た》ちます。段々と元気になられるかと思っていたのですが……」

フランクストン家の執事も不安げに洩らした。その瞳には確かに焦りが宿っている。

奥様に続き、まだ幼い跡取り息子まで亡くなってしまったこの家も、おそらく火が消えたように暗かったのだろう。

「もう？　たった半年でしょう？」

奥様が俯いて言った。唯一《ゆいいつ》の希望であるヴィクターが、二人の死を乗り越えていくことを期待していたのだろうが、ヴィクターの悲しみもまだまだ深かったようだ。

このままでは更なる不幸が家を襲うのではないか——そんな不安が彼らの表情から、ありありと見て取れた。

「……仕方ないわ。愛する方を失うと、遺《のこ》された者の魂の一部も死んでしまうから」

奥様が悲しげに呟《つぶや》くように言った。

「でもわかったわ。山の方ね……わたくしたちの方で探してみましょう」

奥様が労《いたわ》るように優しく言うと、フランクストン家の使用人たちはほっとしつつも、それでも不安を拭《ぬぐ》えない表情で頭を垂れた。

けれどももしフランクストン男爵を見つけられたとして、彼が本当にベッキーの誘拐と、ヴァーンベリ伯爵殺害に関与しているとしたら、きっと奥様は許さないだろう。

人助けではなく、あくまで彼女は復讐《ふくしゅう》のために動いているのだから。

使用人たちの為に、どうか男爵は無実でありますようにと祈りながら、シロはフランクストン家を後にした。

XV

「もう少し調べなくていいんですか？」

馬車に戻りながらシロが奥様に問うた。

フランクストン家の使用人たちが、嘘をついているようには見えなかったが。

「ヴィクターの性格上、使用人に何かを洩らしているとは思えない」

「そうですか……」

それに用心深い人だから、見られたくないような物を家に置いてはいないだろうという、奥様の返答に相槌《あいづち》をうちながら、シロはふと別のことを思った。

「どうかして？」

「……カカシは――墓守はやっぱり何か知っていると思います。夜、鐘が聞こえたら絶対に外に出てはいけないと、そう俺に約束させた人ですから」

とはいえ、そう簡単に本当の事を教えてくれる人でもないだろう。聞き出せばきっと彼に迷惑をかけることにもなる。シロは恩を仇《あだ》で返したくはなかった。

「もしフランクストン男爵が誘拐犯で、あの鐘が何かの合図なら、彼は鐘が聞こえる場所にいると思うんです」

「つまり墓地や教会からそう遠くない場所ということね。きっと鐘の音が届く距離に」

仕方ないとは言え、使用人三人と一緒に馬車に乗る事に躊躇《ためら》いのない奥様は、やはり少し変わっているなと思いながら、シロは窓から山の方を見て呟く奥様を見た。

昼間、温室の花の中で見た奥様は、まるで天使のように美しかったが、彼女は夜、月の光の下でこそ、一層光り輝くようだ。

「ぐっ」

思わず見とれてしまったシロに、隣のオーブリーが肘鉄《ひじてつ》をした。

「シロ？」

「は、はい。あれは間違いなく合図だと思うんです。だけど……教会前の通りはガス灯もないし、そんな人通りが多い訳じゃない。だから昼間は目立つけれど、夜は誰が歩いてもわからない」

「とはいえ、あのあたりは開けていて、隠れるのには向いていないわ」

「そうですね、森に入ればわからないと思いますが……」

今は冬だし、まったく灯りなしに森に入るのは危険だ。けれど灯りがあれば当然目立つ。

「……墓守に、一度注意されたことがあるんです。教会の裏は低い崖《がけ》になっていて、その下は貴族の狩り場だから、近づいてはいけないと……」

「オーブリー？」

シロの話を聞いた奥様は軽く首を傾げた後、何かを言いたげに執事を見た。

オーブリーが怪訝そうに顔を顰《しか》めていたからだ。

「ウーシュケの貴族のお狩り場は東の山の方だ。女王陛下は五星城《アストルム》以外に、東の山の方にもう一つ居城をお持ちなんだ。みな別荘はその周辺の趣味の良い土地に用意するし、当然狩りの場もそちらに用意する。少なくとも労働者の多い西エリアは選ばない」

「そうなんですか？　じゃあ……」

とはいえテレサは確かに、フランクストン家の別荘は西の波止場から近い、教会のある山の方にあると言っていた。

「だったら……やっぱり教会の方に向かうのではなく、その一つ前の道を曲がって、墓地の裏の崖の下の方に続く道に向かってはどうでしょうか」

一度墓地へ行って、カカシに直接話を聞くことも考えたが、彼はそう簡単に口は割らない筈だ。であれば、先に調べられることは自分たちで調べた方がいい。

馬車はシロの提案通り、まっすぐ墓地へは向かわず、下の道を進んだ。

曲がった道はすぐに狭くなった。

男爵が馬車ではなく馬で移動していたのはその為だったのだろうか。

奥様を乗せているのだ。それでもぎりぎりまで馬車で細い道を進んだが、程なくして御者が「これ以上は無理です」と困ったように言った。

こればかりは仕方がない。幸い教会の下の崖までは、そう遠くはないだろう。四人で馬車を降り、緩い山道を登る――が、道は細くなるどころか、十分も歩かないうちに途切れ、先に広がるのは笹《ささ》に覆《おお》われた獣道だけになってしまった。

幸い雪は深くないものの、ここを奥様に歩かせるのか？　とシロは思ったが杞憂《きゆう》だった。義手を外したスゥが枯れた笹や樹木を切り、道を開きながら、斥候《せっこう》係を務めてくれたのだった。

それでも道に足をとられないように、シロが踏みしめるようにして後を追う。

どうやらスゥは夜目が随分利《き》くらしい。シロも月明かりがあれば、夜道を歩くのに困りはしなかったが、スゥはずんずん歩いて行く。

「ス」

さすがに気をつけた方がいいとスゥに声を掛けようとした瞬間、急にスゥが足を止めた。

「スゥ？」

危うくぶつかりそうになったシロは、自分こそ気をつけなければいけないと思いつつ、メイドに声をかけ直す。

スゥが少し離れた木々の向こうを指した。

「あ……」

それは小さな灯りだった。確かに微《かす》かな灯影が木々の向こうで揺れている。

頭を上げると、教会の尖塔《せんとう》が僅かに見えた。

慌《あわ》てて奥様を振り返ると、彼女も緊張した表情でこっくりと頷く。

更に灯りの方に近づくと、それは既に主を失ったような、崩れかけた崖に今にも飲み込まれそうな廃屋だった。

貴族の別荘というより、狩猟小屋といった風情《ふぜい》の随分小ぶりな丸太小屋だ。崖に隣接しているせいか、建物は既に半分以上崩れた土砂で埋まっている。

入るのは危険に思われたが、傾いたドアの奥、歪んだ隙間《すきま》から灯りが揺れているのは確かだ。

だが、本当にこんな所に男爵がいるのだろうか？　指示を仰ぐように奥様に振り返ると、それでも彼女は頷いた。

「あっ、スゥ！」

ここは最大限警戒しなきゃいけないだろう――なのに、またスゥは一人で中に入ってしまったので、シロは慌てて後を追おうとした。

「血の匂《にお》いがする」

その肩を、不意に執事が摑んだ。

「え？」

ぎしぎしと音を立てて、スゥの開けたドアをよく見ると、寒さで固まった赤い血が、所々にこびりついていた。

不思議と小さな手形のように見えて、シロは心臓がどくどくするのを抑えながら、奥様とオーブリーに振り返った。

「奥様たちは無事を確認できるまで外にいてください」

「ここは血と死の匂いしかしない、気をつけて調べておいで」

「はい」

オーブリーの言うとおり、ドアを開けるとより濃厚な血の臭いがしたが、物音はしない。聞こえるのはスゥの足音だけだ。

彼女は何も怖くはないのだろうか？　家は更に崩れるかもしれないし、また死体があるかもしれないし、殺されそうになるかもしれないのに。

シロはごくりと唾《つば》をのんでから、狩猟小屋に足を踏み入れた。

微かな血の臭いを嗅《か》ぎながら、おそるおそる部屋を見た――が、中にスゥの姿は無かった。

「え？」

いったいどういうことだろう？　狩猟小屋はそう広くはないし、半分は土砂に埋まっている。

本棚や道具棚が僅かにあるが、暖炉は冷えていた。獣の臭いもするし、元々人の気配のある小屋ではなさそうだ。

隠れる場所があるようには見えない。

ただもう油の少なくなったランプのちいさな灯りが簡素なテーブルの上でゆらゆら揺れているだけだ。

「スゥ？」

「こっちです」

丸太の壁に伸びた自分の影を見ながら、シロが小さな声で呼ぶと、スゥが傾いた書架の隙間から顔を出した。

「そんな所に入って、崩れてきたら危ないよ！」

「抜け道があります」

「え？」

「洞窟《どうくつ》と繋《つな》がっているみたいです」

ランプを手にし、言われるまま書架の裏を覗《のぞ》き込むと、確かに書架で隠してあったような、洞窟の入り口があった。

「空気が動いてる」

ランプの火がチロチロと揺れているということは、空気の動きがある事を意味している。

確実に洞窟には奥があって、どこかに繋がっているようだ。

流れてくる風はしっとりと冷たく、そして微かに血腥《ちなまぐさ》く、同時に墓場のような臭いがした。

外と違って風がない分、少し暖かいように感じたが、すぐに気のせいだとわかった。湿った空気は冬の寒さでひっそりと凍り付き、シロは頬の産毛《うぶげ》が冷たく逆立つのを感じる。

「スゥ！」

所々、水たまりが凍っていて危なそうだというのに、相も変わらず怖い物知らずのスゥが、シロの制止も聞かずにすたすたと洞窟の奥へ歩き出してしまった。

特にこの先は、また危険かもしれないのに。

仕方なくシロはその後ろを慌てて追った。

「なんですか？」

名前を呼ばれたことはわかっていたらしいスゥが、白い息を吐きながら隣に並んだシロを怪訝そうに見た。

「なんですかって……危険だから、あんまり一人で先に行かないでよ」

「…………」

スゥがあからさまに『それがなんだというのか？』という顔をしたので、シロは嘆息した。

「君に何かあったら、奥様が困るよ。オーブリーさんや俺は奥様の着替えまでは手伝えないし、スゥだって奥様は大切な人なんだろ？　これ以上悲しい想《おも》いをさせちゃダメだろ」

「それは……そう、ですね」

そう言われて、初めてその事に気が付いたように、スゥはきょとんとした顔で瞬《まばた》きをした。

「だからせめて一緒に行こう」

「……わかりました」

スゥはまだ不思議そうな表情ではあったものの、それでも素直に頷いて、少しだけ歩く速度を落とした。

とはいえツカツカと歩くのは、彼女の癖や性分なのだろう。基本彼女の歩みは速く、カッカッカという足音が、踏み入れた洞窟の中に微かに反響する。

洞窟はどうやら自然の物ではなさそうだった――もしくは自然の物に手が加えられているようだった。少し進むと石階段が上に向かって続いていたからだ。

「…………」

さすがにスゥも一度シロを振り返った。けれどその目は『先に進むのか？』ではなく『お前もついてくるのか？』という確認のように見えた。

「うん。行こう」

「……滑るから、気をつけて」

シロが頷くと、先に一歩踏み出したスゥがぽつりと言う。

「ああ、うん。スゥも」

スゥはこっくりと頷き、左手でスカートの裾《すそ》を少しだけ持ち上げて階段を上りだした。

スゥの忠告通り、階段はかすかに濡《ぬ》れていて、冬の寒さで所々凍っていて滑る。

岩肌の壁に手をつきながら、シロは慎重に階段を上った。幸い足下の灯りは心配しないでも済んだ。階段の向こうから灯りが漏れていたからだ。

階段を上りきり、少しだけ洞窟を進むと、急に目の前が開けた。

ぱっと広がる灯りに、少しだけ目が眩《くら》んだシロは、戻ってきた視界を後悔した。

目が慣れるより先に、濃厚な血と死臭が飛び込んできた時点で、踵《きびす》を返すべきだったかもしれない。

「ここは……」

口元を覆いながら見渡したそこは、貴族の部屋でも、そして狩猟小屋でもなかった。

それは診察室か、キッチンのようだとシロは思った。

大きな洗い場に、いくつもの棚と大きな作業台。それだけを見たのなら、シロも驚きはしなかっただろう。

けれど作業台や床には赤い血が滴《したた》り、更に肉屋が使うような大きなナイフや、先ほどの診療所で見たような器具が並んでいる。

更に棚の中には見慣れない薬瓶だけでなく、硝子《ガラス》瓶に入ったおぞましい物が飾られていて、シロは吐き気を覚えた。

しかも硝子瓶は半分以上が割れていて、床や棚に水たまりを作り、中の物がどろりと流れ出ていたのだった。

「…………」

そんなシロを置いて、躊躇い一つなく部屋を探索していたスゥが急に足を止めた。

スゥが表情なく見下ろす足下、そこには身なりの良い男が一人倒れていた――血まみれで。

「スゥ？」

不意にスゥが上ってきた階段の方に向かったので、シロは慌てた。

「奥様を呼んで参ります」

「……うん。気をつけて」

スゥが珍しく怒ったように、少し語気を強めて言ったので、シロは神妙な表情で頷く。

代わりにシロは倒れた男に視線を移した。

「……息が」

てっきり既に事切れているのかと思ったが、よく見れば男の胸は弱々しくだが上下しており、押さえるように胸元に乗せられた指の隙間から、まだ新しい血が流れていた。

「大丈夫ですか？」

慌ててシロは男を抱き起こそうとしたが、触れたその体は既に随分冷たく、視線はうつろだ。

どうやらシロの声も聞こえていないらしく、ただ干からびたように青い唇から、ひゅう、と弱々しい呼吸が漏れただけだった。

男の体の周りには、たくさんの血が広がっている。

「………………」

残念ながら、もう時間の問題だろう――彼の呼吸が止まるのは。

手足の長い男だった。ひどく窶れているせいでまるで足長蜘蛛《ぐも》か、夕方地面に伸びる影のようだ。写真で見たフランクストン男爵に似ている気がしたが、髪はほとんど白髪で、まるで老人のように見える。

せめて血で汚れた顔を綺麗《きれい》にしてやろうと、シロはポケットの中のハンカチで男の顔を拭ってやった。

男は微かに身じろいだが、抵抗するそぶりどころか、シロの存在に気付いてもいないようだった。

虚《うつ》ろな瞳はすでに光を失って、どんよりと濁り空《くう》を見ている。

終《つい》の道に向かおうとするこの男に、してやれる事が他にあるだろうか？　シロはそんな想いで男の目元を拭った。涙なのか、血なのか、それとも両方なのかわからない、かすかな跡を拭っていたその時、スゥに連れられて奥様が現れた。

オーブリーは部屋の有様を見て顔を顰め、中には入ってこなかったが、奥様はスゥ同様に躊躇いも恐れもない表情で歩み寄ってきたかと思うと、男の押さえた胸を容赦なく踏みつけた。

「がはっ」

「なっ⁉　お、奥様⁉」

驚いたシロが止めようとしたが、彼女はシロを一瞥《いちべつ》して下がらせた。

その目に浮かんでいるのは確かな怒りだ。

やはりこの男が探していた『ヴィクター・フランクストン男爵』なのだと、シロはぐっと躊躇いを飲み込んだ。

「う……」

フランクストン男爵が呻《うめ》いた。

「夢を見るにはまだ時間が早いんじゃなくて？　ヴィクター」

踏みつけられた痛みと衝撃で、男爵の目に淡い光が戻ってきたようだ。奥様はそれを見逃さず、乱暴に首元を摑《つか》んで無理矢理起こした。

「その声……アナベルか……」

ごぼっと血の泡を吐き出してから、男爵が掠《かす》れた声で言った。

奥様が一瞬安堵《あんど》の息を漏らしたのが見えた。

「いったい何があったの？」

「……だった」

喉《のど》に血が溜《た》まっているのだろうか、喉をゴロゴロと鳴らしながら、男爵が不明瞭《ふめいりょう》に答えた。

「なんですって？」

「私は……無理だった……」

「なんの事？」

「私は……なしでは……生きられない……アナベル、君のようには……」

「…………」

フランクストン男爵が、いったい何の事を言っているのか——冷ややかだった奥様の顔が、激しい怒りに歪んだ。

「わ……わたくしだって平気なわけじゃなかった！」

美しい眉間《みけん》と鼻の頭に皺《しわ》を寄せ、奥様はぱっと手を離した。糸の切れた操り人形のように、男爵ががくんと床に転がる。

「貴方《あなた》が奪ったのよ！　わたくしから、夫を！　どんな思いでわたくしが生きているか、貴方にわかって⁉」

奥様が叫ぶように言ったが、もうフランクストン男爵の耳には届いていないようだ。

血の中に倒れ込んだ男爵は、それでも口元に微かな笑みを浮かべ、弱々しく奥様に手を伸ばした。

「だが……私、は、プロメテウスの火を手に入れた……」

「何ですって？」

「ああ……やっと……やっとだ、エリー……わたしは、君に……会え……」

プツンと、男爵を操る最後の命の糸が切れた。シロにはその音が確かに聞こえた気がした。

「ヴィクター⁉」

再び首元を摑んで、奥様はガクガクと男爵の頭を揺らしたけれど、もう男爵は息をしていなかった。

笑顔だった。

「あ……ああああああああ！」

フランクストン男爵の顔に浮かんだ、安らかな笑みを見て、奥様が叫んだ。怒りに、憎悪《ぞうお》に。

奥様は男爵から手を離すと、ドレスの裾をまくり上げ、ドロワーズの上から腿《もも》に仕込んだナイフを抜いて、男爵の喉元に突き立てようと振り上げた。

「お、奥様！」

ナイフが勢いよく振り下ろされた。が、鈍く光る刃《やいば》が男爵の亡骸《なきがら》を貫く寸前で、咄嗟《とっさ》に動いたシロの掌《てのひら》に阻《はば》まれた。

「な……邪魔をしないで！　復讐するのはこのわたくしよ！」

ナイフはシロの掌を穿《うが》ち、フランクストン男爵の首筋に微かに赤い痕《あと》を残しただけだ。

「もう死んでいます！　刺したってこの人はなんにも痛くない！」

「だからなんだというの!?」

自分でもどうして奥様を止めてしまったのかわからない。もう死んでいる――死んでいるのだから、後は何をされても男爵は苦しくないはずだ。

だけどそれでもシロは嫌だった。それが良い事には思えなかった。男爵のためではない、他でもなく奥様のために。

スゥも不安そうな、悲しそうな目で奥様を見ている――絶対に、奥様はこんなことをしちゃいけないんだ。

シロは痛みを堪《こら》え、それでももう片方の手でナイフを握った。自分の痛みより、彼女の心が汚《けが》れて傷つくのが嫌だ。

「汚い血で奥様の手が汚れるだけです」

「洗えば良い事よ」

「いいえ、それでもダメです。奥様の手はそんな血で汚したらダメですよ。それでも……どうしてもそれが必要だって言うなら、代わりに俺がやります」

そうだ。いくら汚れたっていい。傷つくのも、傷つけるのも。この綺麗な人を、綺麗なまま守れるというのなら。

奥様が険しい表情のまま、ナイフを抜こうと手に力を込めた。

「離しなさい」

「嫌です」

刃が更にシロの手に食い込み、血が流れる。

「だ、だめよ……お願いだから離して」

「いいえ」

「…………」

先に折れたのは奥様の方だ。彼女は急に泣きそうな顔でナイフを離した。

スゥがほっと息を吐いたのがわかった。

我に返ったように、奥様は胸元から取り出したハンカチで、シロの手を押さえようとした――ああ、そうだ、優しい人なのだ。本当は。この人に復讐の味なんて覚えてほしくなかった。

「平気です」

「でも」

「気にしないでください。このくらいすぐに治りますから」

そう言ってシロはナイフを引き抜いた。ぎゅっと握ればすぐに血も止まる。特に切り傷は、疵痕《きずあと》が綺麗な分くっつきやすい。

「シロの言うとおりだよ――それより奥様、こっちで読書をしよう」

そんな奥様を、不意にオーブリーが呼んだ。

いつの間にか部屋に入ってきていた執事は、ハンカチを口元に押し当てながら、出入り口側の棚を直接自分で触れたくないというように、ナイフの切っ先で探っていた。

奥様はオーブリーに振り返り、少し顔を顰めた後、諦めのような息を小さく吐いた。

「……スゥ」

「はい奥様」

呼ばれたスゥが奥様の横に膝《ひざ》をついた。彼女は血で汚れることを全く厭《いと》わない。

奥様は黙ってフランクストン男爵の首元のタイを取り、ボタンを外していった。

「……『八月の結社《アウグスティア》』」

奥様が小さく呟いた。

フランクストン男爵のはだけられた胸元。左の鎖骨のちょうど下に、短剣を抱く蛸《たこ》の入れ墨が入っていた。

ふと手元を見たシロは気が付いた。奥様が男爵を切り裂こうとした短剣だ。それはまさしく蛸の抱いている短剣とそっくりだった。

「スゥ。ここの皮を剝《は》ぎ取っておいて頂戴《ちょうだい》」

「わかりました奥様」

シロはぎょっとしたものの、奥様はもう男爵から興味を失ったように立ち上がり、オーブリーの方に向かったので、ほっと胸をなで下ろす。

「読書？　知らないの？　貴婦人はマナーブックかゴシップ誌しか読まないのよ」

「『ゼンダ城の虜《とりこ》』は？　大好きだったじゃないか」

「残念ながら、もう王子様に憧《あこが》れる歳《とし》じゃないの」

オーブリーに勧められるまま、奥様は一冊のファイルを覗き込んだ。

「…………」

すると、みるみる奥様の顔が歪んでいった。

気になったシロも横からそっと覗き込む——が、それは見たこともない文字で書かれていた。

「これ……なんて書いてあるんですか？」

「古い言語よ。これは『八月の結社』が神聖語と呼んでいる言葉」

「八月の結社？　奥様はこの文字を読めるんですか？」

「ええ」

さっきも奥様は、同じようなことを言っていたが、聞き慣れない単語だ。

けれどシロの質問に答える前に、奥様はとうとう我慢ができなくなったというように
ファイルを閉じた。

「……奥様？」

彼女は顔を引きつらせ、深呼吸を一つしたあと、再びファイルを開いた。

『母子は順応率が高い。三十秒だけ目を覚ましたが、すぐに動かなくなってしまった。やはり必要なのは新鮮な心臓だったのか……ウィリアムが腐ってしまう前に早くしなければ』

奥様が読み上げると、一瞬の沈黙の後、オーブリーが、ははと乾いた笑い声を上げた。

『『エリザベス』――標本に死んだ妻の名前を付けるのは、まったくいい趣味だと思ったけれどね」

オーブリーが割れて硝子の散らばった水槽のラベルを見ながら皮肉を口にする。

ファイルを表情なく見ていた奥様が顔を背け、代わりに受け取ったシロの目に飛び込んできたのは、何枚ものスケッチだった。

「これは……」

それはおぞましい実験の記録だった。人と人、或《あ》るいは別の生き物を縫い合わせ、別の何かを作り出そうとする工程を、フランクストン男爵はスケッチして残していたのだった。

「……妻の遺体や見知らぬ子供たちを切り刻んでも、我が子を蘇《よみがえ》らせたかったのだわ」

奥様は硝子片を一枚拾い上げると、悲しげに呟いた。そこにはラベルが張り付いたままで――微かに『ウィリアム』と書かれている。

「蘇らせる……？」

シロが驚きと共に問うた。

「ええ……これは『プロメテウスの火』――つまり、屍《し》者《しゃ》を蘇《そ》生《せい》させる『叡《えい》知《ち》』よ」

「まさかヴァーンベリ伯爵はその研究を？」

「……ええ。正確にはその研究『も』だけれど」

話すべきかどうか悩んだようだ。少し考えるように間を置いて、奥様がシロに答えた。

「そんな……じゃあ、だったら、ベッキーたちは……？」

「…………」

奥様が答える代わりにそっとシロから顔を背けた。シロは急に酷《ひど》い吐き気を覚え、洗い場に嘔吐《おうと》した。

「奥様」

そこにスゥが奥様に、男爵の剝いだ皮膚をハンカチに包んで差し出す。

奥様はおぞましいソレを大切そうに受け取ると、まるで愛する人からの恋文のように掌で優しく包み、胸元に滑り込ませた。

その顔に浮かんだ笑顔を、まるで聖女のようだと、シロは思った。

いいや違う。そうじゃない――母だ。こんな場所、こんな時なのに、やはりどうしても奥様と母の姿が重なってしまう。

と、その時だった。

「…………」

ごおおおん、ごおおんと、どこからともなく洞窟内に鐘の音が響いた。まるで邪悪な何かの吠《ほ》え声のように。

「シロ。可哀想《かわいそう》だけれど……ここで哀《かな》しんでいる場合じゃないわ」

シロが身震いすると、奥様が言った。

「ヴィクターは『プロメテウスの火を手に入れた』と言っていた。そしてここにはエリザベスの標本も、ウィリアムの標本もない。肝心のヴィクターは殺されている。胸を何かに一突きされて」

「じゃあどこかに犯人がいるってことですか？」

「…………」

シロの質問に、奥様は少し黙った。

「奥様……？」

「ヴィックには抵抗の色がなかったわ。そして彼は自分の死を悔いてはいなかった」

「え……」

その時シロの脳裏に、ぞっとするような想像が過《よぎ》った。

「まさか……それはつまり、彼は本当にご子息を生き返らせるのに成功したって、そう言うんじゃ……」

「ええ……でも正確には違うと思うわ」

「違う？」

奥様は怪訝《けげん》そうなシロに頷《うなず》くと、寂しげに微笑《ほほえ》んだ。

「本当にそれが可能なら、わたくしが夫をとっくに生き返らせているでしょう？」

「あ……」

それはそうだ。彼女ならたとえ他の誰かの血肉が必要だったとしても、きっと成し遂げているだろう。

「人間は神様にはなれない。人にプロメテウスの火は灯《とも》せない。神様を真似《まね》て器を作ることが出来たとしても、魂までは作れない。おそらくヴィクターが作り出したのは、息子の姿をした『別のナニか』だわ。作り出した彼にですら御せない、醜怪で邪悪なナニか」

悪魔、妖精《ようせい》、幽鬼——この世を彷徨《さまよ》う人ならざるモノたち。

一度肉体から離れてしまった命、消えてしまった火を再び灯す事が出来るのは神様だけなのだ。

「夫は何度も彼にその話をした筈《はず》なのに、彼は信じなかった。『叡知』を得ても、正しい使い方ができなければ、人は知識に滅ぼされるだけ」

その時、再び鐘の音が響いた。まるで何かを知らせるように。

「奥様、奥に別の階段があります」

いつの間にか姿を消していたスゥが、奥の方からぬっと姿を現した。

「行くんですか……」

シロが苦々しい顔で奥様に問うた。ここでたくさんの死の中から生み出された怪物が

――『父』をその手で殺《あや》めた邪悪なモノが、おそらく階段の向こうにいるはずなのに。

「ええ、そうね。それでもアレはウィリアムでもある。ヴィクターが己の命よりも愛した息子。復讐し損なった気がしていたけれど、大丈夫……今度こそ、わたくしの番よ」

奥様は艶然《えんぜん》と笑うと、黒いドレスを揺らして、もう一度事切れたフランクストン男爵《だんしゃく》を見下ろし、甘い声で「ヴィクター」と呼んだ。

「可哀想ね。あなたの一番大切な物を、わたくしがこの手で滅茶苦茶《めちゃくちゃ》に壊してあげる」

XVI

スゥの言うとおり、フランクストン男爵の遺体を乗り越え、進んだ奥には階段があった。

座った夫人のエリザベスと、その横に立つ男爵の肖像画の左側、ビロードの掛け布に隠された入り口の向こう、薄暗い階段から確かに空気の流れを感じる。

近くに置かれたランタンに火を灯すと、オーブリーはそれを奥様に差し出した。

「これ以上は無理だ。私は行けない。『死』の臭《にお》いが強すぎる――多分この先は墓地だ」

オーブリーが青い顔で首を振るのを見て、奥様が頷いた。

「仕方ないわね。オーブリーは屍気が苦手だから」

「はぁ……」

誰だって苦手だと思うのだが……と思ったが、奥様が仕方ないと仰《おつしや》るならそうなのだろう。

「オーブリー、貴方は馬車を教会の方に回して頂戴」

確かに、帰りの馬車が必要だ。その方が良いだろう。

「でも、墓地……ですか」

それよりも、やはりこの道が墓地に続いているかもしれないという事に、シロはショックを受けた。

自分が生活していたそのすぐ下で、男爵が子供を切り刻んでいたかもしれないなんて――何も気付いてやれなかった事が悔しくて、悲しい。

「………」

「シロ」

思わず俯《うつむ》いたシロに、オーブリーが声を掛けた。

「君は銃が使えるんだったな」

「え？　あ、はい」

「そうか。じゃあこれを君に預けよう」

絶対になくすなよ、と念を押してオーブリーが渡してきたのは、一丁のフリントロック銃だ。

「この短銃には、聖別された銀の弾丸が込められている。これは人ではないモノを撃つためのの銃だ。君のような再生能力を持つモノも破壊できる。が、いいな？　弾は一発だけだ。いざという時に使いなさい……ヴァーンベリ伯爵の形見の銃だ」

何気なく受け取った銃が、本当に大切な物だと知って、シロははっとした。

「そんな大切な物、いいんですか？」

「勘違いするんじゃない、いいんです、貸すだけだ——きっと奥様を守ってくれる」

「……わかりました」

少しも執事らしくないオーブリーが、不意に真剣な、悲しげな表情で言ったので、シロは改めて強く頷いた。

「奥様を頼んだよ」

そう言うと、オーブリーは自らの唇に指で触れた後、シロの首筋に手を当て『血父《ちち》ルスヴンと血祖エレボスのご加護を』と聞き慣れない祈りを捧《ささ》げた。北の国の信仰なのか、それともそれ以外のものなのかはわからなかったが、オーブリーは本当に心配してくれているのだ。

勿論《もちろん》彼が案じているのは、あくまで奥様なのだとはわかっていたが。

そうしてオーブリーと別れ、三人は階段を上がり、先に進んだ。

奥様は少しだけ不安そうな表情を見せたものの、すぐに振り切ったように我先にと進みたがった。本当は奥様にスゥを少し注意してほしかったのに、これではスゥと変わらない。

見せる仕草が時々妙に似ている二人だ。きっと姉妹のように育ったのだろう。性格も似てくるのかもしれない。

オーブリーが、神様に祈りを捧げてまでシロに奥様の事を念押しする訳だ。薄暗く、濡れた臭いのする怪しい洞窟に臆《おく》しもせずに、それどころか楽しい散歩でもしているように、ずんずん歩いて行く二人の後ろ姿を見て、シロは苦笑いと共に、何が何でも守ろうと思った——自分でもどうしてなのか、はっきりとはわからなかったけれど。

まだ出会ったばかりの二人なのに、どうしてこんな風に思うのか、自分でも不思議だった。けれどこの自分でも説明のつかない感情こそが、きっと本心なのだろう。

誰かに命じられたわけではない感情こそが。

そうして歩いてほどなくしたところで、鉄の格子扉《こうしとびら》が道を阻むように現れた。

「ドアですね……」

力尽くで動かせば、壊せないだろうか……？　そう思ったシロがぐっと鉄格子を握って力を入れようとした時、じゃらじゃら音を立てて、スゥが鍵束《かぎたば》を取り出す。

「え？」

束と言っても三本ほどだ。スゥはそれをためつすがめつした後、二本目の鍵で扉を開けた。

「鍵？　どうしたの？」

「下の部屋の壁に掛かってました」

「あ、そう……」

それが何か？　という風に首を傾《かし》げられ、なんだかばつの悪い気持ちでシロは二人に道を譲った。気まずいレディファーストだ。っていうか最初っから言ってくれたら良いのにと思わなくもなかったが。

洞窟を進むと、オーブリーの言うとおり、懐《なつ》かしい臭いが空気に混じった。

冬と埃《ほこり》とカビと、死者の臭いだ――本当に墓地に続いているようだ。

いったいどこに？　と思いながら角を曲がると、そこはいくつもの石棺と木棺が並ぶ、見覚えのある場所だった。

「え？」

ここは死体安置所の地下だ。シロも一度だけ入ったことがあるが、下は地下墓地のようになっていた筈だ。

シロが驚いたのと同時に、目の前でランタンの灯りが揺れた。

「シ、シロ!?」

聞き慣れた声がしたかと思うと、カッカッカと杖《つえ》の音と共に近づいてきたのは、墓守のカカシだった。

「お、お前、無事だったのか!?」

てっきりルールを破って逃げ出したことを叱《しか》られるかと思いきや、カカシは本当に嬉《うれ》しそうにシロを片手で抱き寄せ、頭をくしゃくしゃに撫《な》でた。

けれどそんなカカシの後ろで十人近い子供たちが、古い毛布をたぐり寄せ、身を寄せ合って震えている。

その震えがどうやら寒さだけが原因でない事は、子供たちの怯《おび》えた表情を見れば一目瞭然だ。

「いったい何があったの？」

奥様が静かに問うた。

「それがよくわから――ないの、です。ただ突然鐘が鳴ったかと思ったら、修道士が子供たちを連れて逃げて来まして」

質問に答えかけ、奥様の身なりが良いことと、シロのお仕着せに気が付いたカカシが、口調を改めながら言った。

「子供たちは無事なのですか？」

「は、はい、ただ子供たちは化け物が襲ってきたと言っていて――詳しい話を聞く前に、修道士はうちにあった猟銃を持って教会に戻ってしまって」

その時彼は、カカシに子供たちと一緒に逃げるように言ったという。

「逃げろと言われても、私はこんな足ですし、こんな夜に子供たちを連れて逃げられる訳がないのです。だからとにかくここに」

内側から鍵をかけ、子供たちと地下墓地に逃げ込んだというが、最低限の毛布を抱えて来たものの、食べ物も、水すらなく、子供たちと震えていたというのだった。

確かに上着もない子供たちを、冬空の下連れ回すのは、それだけで命に関わる。

「何が起きているのかはわかりませんが、まともな状況じゃないのは確かでしょう」

カカシは苦々しい表情で言った後、それでもほっとしたようにシロを見た。

「お前が来てくれて良かった。どうせ俺はこの足では逃げられない。せめて子供たちは逃がしてやってくれ」

「カカシ……」

とはいえ、シロ一人で子供たちを安全な場所に連れて行く自信はないし、奥様を放り出すわけにもいかない。何よりカカシ一人を、どうして置いていけるだろうか？

「奥様」

困ってシロは奥様を見た。

「ええ。そうね馬車を使えば良いわ——もう少ししたら馬車が来ます。それまで後しばらくは、ここで子供たちを守っていて」

奥様は頷いて、優しい声色でカカシに言った。カカシは安堵でくしゃくしゃにした顔を両手で覆《おお》った。

その時、ごおおおおんと不吉な音色が空気を震わせ、シロたちを覆った。

鐘の音。そしてすぐに銃声が二発響いた。

「猟銃の音です、奥様」

「そうね」

「危険です。やっぱり奥様もここに——」

「残らない」

「奥様！」

心配するシロにきっぱりと答え、奥様はまたスゥと先に歩き出した。

最後の階段の向こうは、ベッキーが眠らされていた死体安置所だった。染《し》みこんだ死者の臭いは微《かす》かにするものの、冬の冷気のお陰で殆《ほとん》ど気にならない。

が、そこにはまだ新しい血が点々と落ちていた。おそらく子供たちを連れてきた修道士の物だろう。

傷つきながらも子供たちを逃がしてくれたのだ――さっきの銃声も彼のものだろう。早く助けに行かなければ。

シロは覚悟を決めるようにお仕着せの胸元を緩めた。

奥様はドレスの裾をたくし上げると、太股《ふともも》のホルダーから何かを取り出した。それはどうやら折り畳まれた小型のボウガンで、奥様は手慣れた調子でそれを組み立て直す。それを見たスゥは、自分の手首の内側を軽く探ったかと思うと、パチリと軽やかな音を立て、中にしまってあったダーツのような小さな矢をバラララと取り出して奥様に渡した。

矢は同時に三本まで番《つが》えられた。奥様は残りの矢をウエストのレース部分に挿す。驚いたがそういう作りにしてあるらしい。

シロは改めて、二人が本気で復讐《ふくしゅう》のための準備を整えているのだと知って、驚くと同時に胸がチリと痛むのを覚えた。

本当なら彼女たちにもここにいて欲しいと思ったけれど、それを聞いてくれる人だったら、きっと最初からここにはいないだろう。

「行きましょう」

準備を終えた奥様が言った。

スゥはその声を合図に、もう片方の義手を外した。鋭い短長二本の刃がランタンの灯りに光る。

シロが安置所の重い扉を開けた。

吹き込んできた冷たい風は、微かに、けれど確かに血の臭いがした。

引き返したい気持ちがぐっとこみ上げてきたが、シロは無理矢理それを飲み込んだ。

空気が確かにざわめいている。

また銃声が聞こえた。

助けを求めるように教会の鐘が鳴り響いたので、気が付けばシロは走り出していた。

教会の中でちらちら灯りが揺れているのを見ながら、墓地を抜け、教会の庭にたどり着くと、必死に正面扉を閉めている修道士の姿があった。

ほっとした。彼はまだ生きている。

「来ちゃいけない！　逃げなさい！」

シロたちに気が付くと、修道士が叫んだ。

刹那《せつな》。

バキバキとドアが内側から歪《ゆが》み、割れる音がしたかと思うと、ごう、と修道士ごと扉が吹き飛んだ。

シロが慌《あわ》てて修道士に駆け寄る。彼はシロを見て身を起こそうとしたが、口からかはっと血を吐いて、そのまま力なく倒れ込む。

その胸を折れた木が貫いている。

「く……っ」

この人はもう助からない……そうシロが悔しさに唇を噛《か》んだ瞬間、奥様が叫んだ。

「シロ！」

ひゅっとシロの顔の横を、ダーツのような矢が過ぎる。

振り向くと、シロのすぐ後ろに迫っていた、ぶるぶると蠢《うごめ》く影が、矢を受けて雪の上に転がった。

それは這《は》いずるような子供の形の人形――いや、人形ではなく、それはフランクストン男爵のスケッチの中にあった、おぞましい『叡知』によって生み出された異形だった。

まるで子供の悪戯《いたずら》書きのように、太さや長さの違う手足、ウロのように眼球のない空っぽの眼窩《がんか》。

矢を受けて腐った臭いのする黒い血がどろりと広がる――ように見えたが、それはぶよぶよとまるで生き物のように震え、這い回り、異形の体の中に戻ってしまう。

が、それが再び起き上がると同時に、スゥはその首を容赦なく右手の長い刃で一刀両断した。

「よそ見しないで」

スゥが怒ったようにシロに言った。

「ご、ごめん」

「奥様右手が――銀が効きます」

シロは謝ったが、スゥは見向きもせずに奥様に向かって言った。

「そのようね。銀の矢をもっと持ってくるんだったわ」

奥様が舌打ちした。スゥに首を落とされた異形はまた黒い血を吐き出して沈んでいたが、それはもうただの腐った体液でしかないように、動かずに雪に広がるだけだった。

シロは一瞬ほっとしたが、ほっとしている場合でないことはすぐにわかった。

「うう……」

壊れたドアから、おぞましい異形たちが何体も這いだしてきたからだ。

その時、教会の奥からまた悲鳴が聞こえた。

「スゥ。土は土に、灰は灰に、塵《ちり》は塵に――理《ことわり》の歪んだ命は全《すべ》て大地に返しなさい！」

「はい、奥様」

命じられた瞬間、まるで鎖を解かれた猟犬のように、スゥが異形に飛びかかった。

「シロ、他に入り口は？」

「確か裏の……大きなイチイの近くに」

以前ベッキーの兄がじゃがいもを剝《む》いていたところだ。多分キッチンのドアだろう。

「案内なさい」

「でも……」

「あの子は平気よ。一人の方が好きに暴れられるから。わたくしが一緒だと、あの子はわたくしを守らなければいけなくなる。それに戦う所をあまり見られるのが好きではないの」

シロはここにスゥ一人を残していくのに気が引けたが、奥様が断言した。

「……わかりました。こっちへ」

確かにまた足手まといになって怒られるかもしれないし、見られたくない……というのもなんとなくわかった。それに奥様が大丈夫というのだから大丈夫だ——と自分に言い聞かせ、シロは奥様と共に教会の裏口へと向かった。

幸い二人の前を遮るモノはなかった。

裏口のドアは鍵がかかっていたが、脆《もろ》い木製のドアだ。シロが力いっぱいドアを数回蹴《け》りつけると、ドアは容易《たやす》くシロに屈した。

案の定、ドアのむこうはキッチンだった。

「…………」

中に入るなり、奥様が顔を顰《しか》めた。

「酷い……」

シロが思わず呟《つぶや》いた。そこは不衛生で、古く黒ずんだ肉に虫が湧《わ》き、足下をネズミが駆け抜けていく。

鍋《なべ》の中を覗《のぞ》く勇気はなかった。かごの中でしなしなになって黴《か》びたじゃがいもからは芽が出ている。

教会が貧しいことは聞いていたが、それとこれとはまた話は別だろう。

現に鍵のかけられた戸棚には、パンとワイン、ツヤツヤしたパイがしまわれているのが見えた。

洗い場に汚れたまま乱雑に積み上げられた食器は子供用のようで、木匙《きさじ》も小さい。

子供たちに何を食べさせていたのか――シロはぞっとした。

「神父たちはヴィクターに子供たちを売り渡すような人たちよ。何を期待していたの？」

奥様が低い声で言った。それでも呆《あき》れているというよりは、慰めるような優しい声色だった。

「そうですね……行きましょう、奥様」

「そうね」

奥様が薄く笑って頷いた。シロは気持ちを見透かされたような気がして、ぎゅっと口を結んだ。

その復讐の為に、『ウィリアム』だったモノはやってきたというのだろうか？

彼の中にいる別の子供たちの憎悪が、彼をここに導いたのか？

奥様であれ、子供たちであれ――やはり、復讐などしてほしくないと思った。血で汚れて欲しくないという感情を、つまらない感傷だと言って欲しくなかった。

でも彼女たちにはその正当な理由がある。生きるためには、これからも生きて行くためにはそうしなければいけないのだ。そうわかっていても心が痛む。

だけど思うだけ、口にするだけではなにも変えられないし、それでは意味がない。

「奥様」

「なあに？」

「……俺は、復讐を考えたことはないけれど、『家族』を守れなかった自分の事は今でも憎いと思っています」

「…………」

奥様が一瞬何か言いたげに長い睫《まつげ》を瞬《まばた》かせたが、彼女は何も言わずに頷いた。

「貴方を見ているとなぜだか母を思い出すんです。だから……貴方が絶対に旦那《だんな》様の復讐をするというなら、俺は今度こそ『貴方』を守ります。何が何でも、絶対に」

「……そう」

奥様はもう一度頷くと、シロの前髪に手を伸ばし、指の先で優しく撫でた。

「ニワトコの木は頑丈で、魔力を持っていると言われているわ。ミヤツコギ、サンブークス……神を磔《はりつけ》にし、魔界の扉を開く妖精の木。どこの国でも不思議な神話を持つ木よ。わたくしのニワトコ《シュロー》。わたくしを守るというなら強くありなさい。簡単に折れるのは許さないわ」

「は……はい」

「いい子ね」

奥様はアメジストの瞳《ひとみ》を細め、まるで飼い犬をあやすように微笑んで言うと、けれどすぐに澄ました顔で、ボウガンの矢をつがえ直した。

「銀のナイフはないわよね」

「……探してみますか？」

「いいえ、いいわ」

子供たちに腐った肉を食べさせる神父たちが、子供たちのディナーに銀のナイフは使わないだろう。

「お祈りの部屋には、銀の燭台《しょくだい》ならありそうですが」

「名案ね。多分炎も効くと思うわ。さあ！　ウィリアム坊やを、ヴィクターの大切なモノを、教会ごと滅茶苦茶に破壊しに行きましょう」

奥様はまるでピクニックにでも出かけるような、嬉しそうに弾んだ口調だった。言っている事はとても禍々《まがまが》しいが。

これが本当にピクニックなら良かった。シロはそう思いながら、奥様と先を急いだ。

暖炉の火が長く入っていないと思《おぼ》しき、がらんと冷えた食堂を抜け、悲鳴の聞こえる方に向かった。迷うことはなかった。そこは礼拝堂だったからだ。

扉を開けると同時に飛びかかってきた異形二体を、奥様は躊躇《ためら》いなくボウガンで貫いた。

異形がどれだけの数いたのかは知らないが、スゥが表で引きつけてくれているのだろう。

シロも壁掛けの燭台《しょくだい》を無理矢理壁から引き剥がし、数体なぎ払った。節約のためか蠟《ろう》燭《そく》はついていなかったが、蠟燭を立てる尖《とが》ったピンは十分鋭く、すぐにそこは静かになった。

シロは荒い息で礼拝堂を見回した。

ステンドグラスは割れ、神を讃《たた》える装飾は壊れ、散らばり、ベルベットのカーテンは引きちぎられ、破れている。

規則正しく綺麗《きれい》に並べられていたはずのベンチが、まるで嵐《あらし》で吹き飛んだように、でたらめに転がっていた。

その中央に小さな影が二つ――。

「そ、そんな……」

割れたステンドグラスの隙間《すきま》から差し込む月光を受け、子供が二人立っていた。

それは血のように赤黒いベロアドレスを着たベッキーと、黒い血を滴《したた》らせた、あの日出会った少年だった。

XVII

「シロ!?」

奥様が制止の声を上げた。けれど、聞くよりも先にシロの体が動いていた。

「ベッキー！　二人とも！」

二人に両手を広げると、少年の腕がゆっくりとシロに向かって伸ばされた。

「に……にいちゃん……」

掠《かす》れた声が返ってきた。けれどそれは間違いなく少年で、シロは両目に涙がこみ上げるのを覚えながら、そのまま力なく倒れ込んできた少年を抱きしめた。

強く、強く抱きしめた。

その体は可哀想なほど軽く、骨張って、冷たい。

「ああ、良かった！　良かった……君たちは……もう……死んでしまったんじゃないかと――」

「墓場のおじさんが……助けてくれたのに……おれ……やっぱりベッキーを……おいていけなくて……」

喉《のど》が傷ついているのか、別の部分か、それとももっと別の理由なのか――少年がしゃべると、ごろごろと喉で何かが絡《から》むような、嫌な音がする。

「ごめん……俺がもっと早く、二人を助けてあげられたら……」

シロの後悔を聞いて、少年が悲しげに微笑んだ。ありがとう、と唇が動いた気がしたけれど、少年は突然身をよじって噎《む》せ、体をガクガクと震わせ始める。

「なんか……へん、なんだ……にいちゃ……」

「無理にしゃべらなくていいよ！　すぐに……そうだ、すぐにお医者さんに行こう、きっとどうにか――」

「シロ、気をつけて……」

奥様が何か言っているようだったけれど、その時、ごぼ、と少年が赤い血を吐いた。

「……え」

「うまくからだが……うごかな……ことば、も……よく……」

ガクガクと少年の体が激しく震えたかと思うと、それは唐突に止まり、やがて少しずつ少年の声から、体から、力が抜けていく。

「おれ……死に……」

「ダメだ、逝《い》っちゃダメだ！」

少年の瞳から光が消えていく。その両目から、涙がつつ、と伝い落ちた。

「たすけ……て……ベッキー……を」

少年が何かを摑《つか》もうと手を伸ばした。シロはぎゅっと少年の手を握った。けれどその手が握り返してくることはなかった。

「そんな……」

シロは不意に目の前が昏《くら》くなるのを覚えた。

始まりは全て少年だったはずだ。彼を救いたくてここまで来たはずなのに。

「俺は、君を……」

結局、守れなかった。また、、また。

「また、俺……なんにも……」

激しい後悔がシロの心に爪《つめ》を立てた。その時だった。

「シロ！」

「ぐ……っ」

突然、強い力がシロの首を締め付けてきた。

横から伸びた小さな手が、皮膚に食い込む。

「べ……ッ」

ぎり、ぎり……と締め付けてくるその力は、幼い少女のものとは到底思えない。

「わたシの……えりザベス」

小さな唇から、抑揚のない言葉が洩《も》れた。

「ベッ……キー……？」

薄い色の金髪、青白い肌、ベロアドレス——あどけない顔の美しい少女は、人形のような虚《うつ》ろなサファイアの瞳でシロを見た、ぼんやりと。

「シュロー！」

その時奥様がもう一度声を上げ、矢が放たれた——が、まるで後ろにも目がついているように『ベッキー』は振り返りもせずにそれを避《よ》けた。

たん、とシロのすぐ横の、ひっくり返ったベンチに矢が刺さる。

「ぐ……」

ベッキーの力は強く、呼吸が出来ないシロの目の視界が赤く濁る。

奥様がもう一本矢を放つと、ベッキーはそれも軽く首を振って避けた——が、その時一瞬だけ首を締めるベッキーの力が緩んだ。

「ギッ」

刹那、ベッキーが小さな短い悲鳴を上げた。

奥様の放った矢で、シロがベッキーの手を刺したのだった。

「シロ!?」

何かを考える間もなしに、シロの体を浮遊感が襲ったかと思うと、次の瞬間は壁に叩《たた》きつけられていた。

「かは……っ」

ひゅうと、音を立てて、シロは息を吸う。

胸に強い痛みが走った。多分肋骨《ろっこつ》が何本か折れたのだ。

「生きているわね？」

「な……なんとか……」

駆け寄って来た奥様がほっとしたように聞いてきたので、シロは慎重に息を吸いながら答えた。息をするたび、骨が正しい位置に戻ろうとしているのがわかる。

シロが奥様の力も借りてなんとか体を起こすと、ベッキーは事切れた兄を表情なく見下ろしていた――いや、それはどこか悲しげに見えた。

「……ベス」

ベッキーが乾いた声で鳴いた。

奥様がシロの肩に置いた手に、ぎゅっと力が入った。

「あイ、あ、アアあいスるルるるるエりざべすスす……わ、ワ、タし、ノのの……」

月の光の下で、不安定にゆらゆらと体を揺らしながら兄の亡骸《なきがら》を見下ろすベッキーの口から、不明瞭《ふめいりょう》な言葉がこぼれ落ちる——そう、それはまさにこぼれ落ちるようだった。その言葉に意味はなく、箱に入りきらなくなった砂のように、意味もなく溢《あふ》れていく音だった。

言っているベッキー自身も、その意味をわかっていないだろう。

だが、それは奥様とシロを凍り付かせるのに十分だった。

「そ……そんな……」

「まさか……ウィリアムではなかったの……？」

はっとしたように、奥様が震える声で呟いた。

「あの目……あの青い目……ウィリアムのじゃない。あの子は父親譲りの深い琥珀色《こはくいろ》よ……」

「あ……」

奥様の言葉を消化すると同時に、シロの脳裏に少年の言葉が蘇《よみがえ》った。

——ベッキーは目は俺と同じ榛色《はしばみいろ》だけど、他は全然違って金色の綺麗な髪をして、お貴族様のお人形みたいだって言われるんだ。

「ベッキーの目は……榛色、です……」

言葉にした瞬間、ぞっと背筋に冷気と狂気を感じた。

「ま……まさか」

じゃあ、だったら、あの目は誰の眼球だというのだろう。あの淡いサファイアは。

「嘘《うそ》でしょう……？」

奥様が声を震わせた。

「ど……どういう、こと、ですか」

シロは口の中に溜《た》まった苦い唾液《だえき》と血を、こくりと嚥下《えんげ》して問うた。けれど本当は答えを聞きたくなかった。考えたくはなかった——薄々わかっていた筈だったのに。

「……エリザベスを蘇らせるために、我が子を、子供たちを切り刻んだというの……？最初から、全部エリザベスの為《ため》に……？　ヴィクター・フランクストン」

『母子は順応率が高い。三十秒だけ目を覚ましたが、すぐに動かなくなってしまった。やはり必要なのは新鮮な心臓だったのか……ウィリアムが腐ってしまう前に早くしなければ』

使われた新鮮な心臓——は、いったい誰のモノだったのか。

「そ……そんな筈ないわ。だってヴィクターはウィリアムを溺愛《できあい》していた。周囲が可愛《かわい》がりすぎると思うほど、息子を過保護に育てていたのよ、一筋の風にもあてさせないくらい。たとえ陛下にご招待いただいたパーティでも、ウィリアムの看病を優先して――」

いいや、優先しなければならなかったのだ。息子が死ぬその時をけして逃さぬように。抱きしめ、膝《ひざ》に載せて慈《いつく》しみ、優しく囁《ささや》いていた愛の言葉――愛しているよウィリアム。

奥様はずっと、ヴィクターがエリザベスの残した天使を、大切にしているのだと思っていた。

あの異常なほどの過保護さも、遺《のこ》された命を守るため、我が子が受け取るべきだった妻と自分、二人分の愛を彼が一人で捧げているのだと思った。

自分にも子供がいたのなら、きっと同じ事をしただろう。そう思っていたのだ。

けれど――。

「まさか、最初から……？　なんて……なんという人なの……」

氷の心を持つヴィクター・フランクストンにとって、愛する人はエリザベスただ一人。

ずっとずっと、彼は妻を、妻だけを愛していた。

ヴィクターにとって、他のものに価値はない。

一族の家名ですら、彼にとっては道具の一つだったはずだ。

そんな男が幼い一人息子を溺愛していたのは、愛《いと》おしい存在が二人になったからではなかったのか？

みんな彼が過保護になるのも仕方がないと思っていた。大切な跡取り、大切な人との愛の結晶――妻に似て病弱な我が子を、彼だけでも死神の手から救おうと必死になっているのだと思っていた。

けれど違うのだ。最初からその為に大切に育てていた器だったのだ――ウィリアムにとっての死神は、父ヴィクターだった。

今まで全てを妻に捧げてきた男が、一番最後に彼女に捧げたのは、二人の愛息子。我が子を、そして攫《さら》ってきた孤児たちを切り刻み、縫い合わせ、神に逆らい、『叡知《えいち》』を使った。

目的はただ一つ。

「エリザベスを蘇らせるために……」

ベッキーの顔をした異形が、エリザベスの目でこちらを見た。氷のような目で見つめられ、シロは震える手で、オーブリーから託された銃を取り出した。

弾丸は一つ、絶対に外すことは出来ない――けれど、撃てるだろうか。

銃を構えるシロの手が震えた。

「う……」

けれど銃を向けられても、ベッキーは怯えたそぶりも、攻撃的な反応もしなかった。

怖《おそ》れるに足らないということなのか、そもそも恐怖心が存在するのかすらわからない。

そんな異様な状況なのに、再び兄に視線を戻したベッキーの横顔は、幼い少女のソレ以外のなにものでもなかった。

シロの額に冷たい汗が伝った。血だったかもしれない。

「地を這う人間に『叡知』は使えない。ヴィクターは神様にはなれない。あれはエリザベスでも、ベッキーでもない、それ以外のなにかよ。シロ、躊躇わないで」

奥様がシロを勇気づけるように、シロの手に自分の手を重ねる。奥様の手は温かい。

シロはもう一度緊張に唾液を嚥下した後、慎重に狙《ねら》いを定めた。

撃つのは首か頭だ。強い生き物もみんなそこが弱いし、仕留めたとき長く苦しまない。

「…………」

ベッキーは牝鹿《めじか》よりも動きが緩慢で狙いを定めやすい。

彼女はゆうらりと体を傾けた後、糸が切れたようにかくんと膝を床についた。

青白い手が動かない少年に伸びる。

白い手は少年の顔を、胸を、動かない手を撫でた――愛おしそうに。

「あ……あああアァ……」

その時ベッキーが鳴いた。

それは慟哭《どうこく》だった。ベッキーは宙を仰ぐと、悲しげに咆吼《ほうこう》した。

「……いいえ、ベッキーです……だって、泣いてるじゃないですか」

「そんな……」

奥様は『そんなはずない』と言いかけたが、言葉を飲み込んだ。目の前にいる異形は、かつて兄だった人を前に、確かに悲しみ泣いていた。

アレが、あの子がベッキーでないならば、いったい何故《なぜ》泣いているのだろう。

「う……撃てません、俺には、無理です奥様……」

シロの腕から力が抜け、銃が下ろされた。その時だった。

「早く撃て！　殺せ！」

怒号が飛んだ。

「な……」

声の主は、先ほどまで鐘楼で鐘をついていたと思《おぼ》しき神父だった。青は神聖色。青と金の立派なローブに身を包んでいるということは、この教会で一番位の高い神父なのだろう。

「撃て！　化け物だ！」

鐘楼に続く階段から降りてきた神父がもう一度上げた声に、シロの中で怒りが弾《はじ》けた。

「ちがう。あんたたちがベッキーを化け物にしたんだ！　男爵《だんしゃく》と同類だ！」

「何を言う！　あの恩知らず！　何日も暖かい部屋で食わせてやった！　どうせ遅かれ早かれ死んでいた汚らしいガキだ！」

「なんて酷《ひど》いことを……」

奥様が嫌悪感《けんおかん》を顕《あら》わにした時、神父は忌々《いまいま》しそうに舌打ちをした。

「くそ！　ほらベッキー！　キャンディだ！」

戦意を喪失したシロを見かねた神父が、ポケットからキャンディの小さな包みを取り出す。

「こっちへこい！　さあキャンディをあげよう！　何個でも！」

『キャンディ』――その単語を耳にしたベッキーが、初めてぴくりと言葉に反応したように顔を上げた。

「……きゃん……ディぃ……？」

「そうだ！　好きだったろう？　ほら！」

神父はベンチの隙間から身を乗り出すようにして、キャンディを振り回す。

ベッキーはキャンディをゆっくり見てから、ゆうらりと立ち上がり、歩くのを覚えたばかりだというような、フラフラとした足取りで神父に向かっていった。

「キャん……でィ」

ベッキーが白い手を神父に向かって伸ばした。

その時、別のベンチの陰から、見習い神父が飛び出してきたかと思うと、彼は近くに置かれていた燭台で、力一杯ベッキーを殴りつけた。

「ガッ」

「死ね！　化け物！」

背後から後頭部を銀の燭台で打ち据えられて、ベッキーはぐらりと上体を崩しかけた。が、立て直すように振り返りざま、見習い神父をなぎ払う。

けたたましい音をたて、見習い神父はベンチと壁の隙間に、手足をあらぬ方向に向けて転がったまま、動かなくなった。

痛みはあまりないのだろうか？　ベッキーは痛みを堪《こら》えるというよりは、まるでズレた首の位置を直すように首と頭を少し振っただけで、まるで応《こた》えた様子はない。

シロは恐れと同時にほっとした。ベッキーはそれよりもキャンディがほしいのか、じりじりと神父の方へ手を伸ばした。

「ひいいい！」

神父は悲鳴をあげ、腰を抜かしたように床に尻《しり》をついて、そのまま後ずさりする。

少し高くなった祭壇の階段を、そのままずりずりと尻で上ると、ポケットのキャンディがぱらぱらと床に散らばった。

拾おうとベッキーが屈《かが》んだ瞬間、神父は祭壇の奥で灯りの揺れる燭台に手を伸ばす。

「やめろ！」

シロが叫んだ。

神父が再び燭台をベッキーに振り下ろす。

「ぎ……」

だが、ベッキーはそれをかわし、神父ごと蹴り飛ばした。

蠟燭が転がり、その火はそのまま祭壇を覆う布から、近くのカーテンのベルベットに燃え移り、火はみるみる燃え広がっていった。

神父のローブにも火は移ったが、神父ももう痛みを感じなくなっていたようだ。

燃える神父の足下に転がるキャンディを、ベッキーはゆっくりと拾い集めた。

冬の乾いた空気は瞬《また》く間に炎を広げ、黒い煙が礼拝堂を包んでいく。

「奥様、危険です」

シロはまだ痛みのある体を起こすと、それでも奥様に手を伸ばした。

「このままにはできない」

けれど奥様は険しい顔で首を横に振った。

「大丈夫……きっと全部燃えます」

ベッキーはこのままキャンディに夢中だろう。けれど奥様はそれでもいやいやとシロの手を拒んだ。

「それではダメよ。それではわたくしは復讐を遂げられない」

「奥様……」

ぎり、と奥様が奥歯を噛んだ。

「シロ、銃を」

「…………」

シロは黙ったまま、銃を握っている。

「シロ」

「嫌です」

「だったらわたくしが撃つわ。銃を」

奥様は既にボウガンの矢を使い切っている。

自らの手でベッキーを葬《ほうむ》るには、旦那様の銃が必要だろう。

「シロ。これは命令です」

さあ、と奥様が急《せ》かす。時間をかければかけるほど危険だ。わかっている。わかっているが――。

「嫌です……貴方《あなた》があの子を撃つのも、あの子が撃たれるのも」

「シロ!?」

「だってあの子はベッキーですよ！　俺に『叡知』だとか、難しい事はわからないけれど……あの子はやっぱりベッキーなんだ」

「…………」

どうしてあの子が犠牲にならなければならなかったのか。ただ貧しく生まれ、幼くして親を失っただけなのに。

カナリアのように唄《うた》う可愛いベッキー。

愛らしいその外見故《ゆえ》に教会はあの子を利用し、フランクストン男爵はあの子を生きたまま切り刻み、愛する妻の魂の入れ物にしようとした。

「俺も、あの子も変わらないです。ただあの子には守ってくれる大人がいなかった――俺と違って。一歩間違ったら俺だって同じように切り刻まれていたかもしれないんだ。そんな可哀想《かわいそう》なあの子を、どうして死なせられるって言うんですか！」

人より怪力で、傷の治りの早いシロ。

前のお屋敷でも、優しかった旦那様はシロを教会に突き出して、悪魔憑《つ》きだと言ったのだ――彼の愛娘《まなむすめ》を、身を挺《てい》して救ったのに。

シロは拷問《ごうもん》にかけられた。まさかシロが動けるとは思わなかった神父たちの隙を突いて逃げ出し、急いで国を出ていなければ、生きていたかどうかもわからない。

「だからって、生かしておけると思うの？　あの子がこの世界で、本当に生きていけると思うの？」

けれど奥様が静かに諭すように言った。

「そもそも生きられるかどうかもわからないのよ。苦しむ時間を長引かせるだけかもしれない。あの子はもう普通じゃないの」

「…………」

わかっている。あの子はもう普通ではないと。けれどそれを言ったら、シロはどうなるだろう？　シロだって普通なものか。折れた肋骨はもうほとんど繋《つな》がっている。夕方吹き飛ばされた耳たぶだって、もう疵痕《きずあと》すら残っていない。

けれど奥様のいう通り、あの子とシロは違うのだ。お仕着せを着て働けるシロと、キャンディ目当てに易々《やすやす》と人を殺せるあの子とは——。

「だったら……やっぱり、俺が撃ちます。俺は奥様が好きです。貴方にあの子を殺してほしくないし、貴方に手を汚してほしくない。それでも復讐が必要だというなら、俺が代わりに背負います」

覚悟を決めたように、シロは再び銃を構えた。

その頬に涙が伝う。

それでもシロは慎重に狙いを定め——。

「ああ、もう！」

けれど奥様は苛立《いらだ》ったような声を上げ、シロの腕にしがみついた。

「お、奥様⁉」

「エリザベス！　エリザベス・フランクストン！」

驚くシロを睨《にら》み付け、奥様はベッキーに向かって叫んだ。

「…………」

けれどベッキーは、何も聞こえないというように、拾い上げたキャンディを美味《おい》しそうに口に運ぶ。

奥様が盛大に溜息《ためいき》を一つ洩らした。

「……ベッキー」

少しだけ声のトーンを落とし、奥様がベッキーを呼ぶ。そこではじめて、ベッキーは顔を上げ、奥様の方を見た。

「もう！　もう！　もう！」

奥様が地団駄を踏むように、身をよじって怒りの声を上げた。

「ベッキー！　こっちにいらっしゃい！　もっと美味しいキャンディをあげる！」

「お……奥様……？」

キャンディ、と聞きつけて、ベッキーは不思議そうに奥様を見た。

「そうよ……わたくしのうちに来たら、いっぱいキャンディをあげるわ。特別にこっそりベッドの下に隠している、すみれの砂糖漬けも一粒あげる」

「………」

ベッキーはふらっと立ち上がると、奥様の声に導かれるように歩き出した。

礼拝堂は段々と煙が立ちこめ、奥様が少しだけ噎せる。

「奥様」

シロが慌てて手を引いて、奥様を礼拝堂から連れ出そうとしたが、彼女は掌を向けてそれを拒んだ。

ベッキーがどこか不安そうにこっちを見て、少しだけ歩く速度を落としたからだ。

「ベッキー」

奥様が両手を広げた。

優しい声だった。

ベッキーがサファイアの瞳を瞬《また》かせた。

そして彼女はととと、と歩みを早めたかと思うと、そのままぽすん、と奥様の胸に飛び込んだのだった。

「良い子ね」

奥様がほっとしたように言った。シロは泣きたくなった。嬉《うれ》しさと、安堵《あんど》と、感謝に。

「もうすぐ聖なる夜よ。ホールの木に一緒にキャンディケインを飾りましょうね」

そう言って奥様がベッキーを抱き上げる。ベッキーは大人しく奥様に抱かれたまま、こっくりと頷《うなず》いた。

「メイドのマーサは、ターキッシュデライトを作るのが得意なの。とっても素敵な香りがするのよ。貴方も一緒にお庭の薔薇《ばら》を――」

煙で喉がひりひりしたが、ベッキーを宥《なだ》めるよう、刺激しないように語りかけ続けながら、奥様は歩き出した。

炎は三人の近くまで迫ってきている。シロは倒れている少年を担《かつ》ぎ上げた。その時、礼拝堂のドアが蹴り開けられた。

「奥様！　早く！」

スゥだった。

シロは急いで少年の亡骸をスゥに預けると、ベッキーを抱いた奥様ごと抱えて運ぼうとした。

その時だった。

ドアを開けたことで空気の流れが変わったせいか、礼拝堂の火の勢いは急に増し、猛々《たけだけ》しい赫《あか》い炎が、礼拝堂の壁と天井を激しく舐《な》めていた。

軋《きし》む音と黒い灰がシロの肩に降りかかる。

「スゥ！　奥様を！」

考えるよりも先に体が動いた。きっと本能だったのだろう。

シロが奥様とベッキーを抱き上げ、スゥの元へ投げた瞬間、礼拝堂の屋根が崩れた。

「シロ!!」

奥様の悲鳴が聞こえた気がしたが、すぐに騒音と熱と痛みにかき消された。

「早く、逃げ……」

そう声を絞り出すだけで精一杯だった。


後悔はなかった。

ずっと心のどこかで望んでいたのだ――自分の終わりを。

だのにどんなに傷ついても目が覚めた。運命はシロの死を許さなかった――まるで罰のように。

いいやきっと罰なのだと思った。

でもこれできっと――赦《ゆる》されたのだ。奥様とベッキーを救えた。

ああやっと……これでやっと終われるのだ。

母に、優しかった長屋の人たちに会える。

今度こそ。

XVIII

天国は紅茶の香りがするのだろうか？

「ああ、いい、においだ……」

馨《かぐわ》しい紅茶の香りを胸いっぱいに吸い込んで、シロは目を閉じたまま呟いた。

カップにお茶が注がれる音を聞いていると、シロは自分の喉が酷く渇いている事に気が付いた。

――わたし、お茶を淹《い》れるのだけは得意なのよ。貴婦人の務めなの。

懐《なつ》かしい母の声が聞こえた気がした。

「かあさん……ありがとう……痛ッ」

そう答えた瞬間、突然眉間《みけん》を小突かれる。

「何を……」

そう言って目を開けると、そこはなじみのない天井で、不機嫌そうな顔のオーブリーがシロを覗き込んでいた。

「え……？」

「第一に、これは本来奥様用の茶葉だ。本当は君が飲むような紅茶じゃない——第二に、私は君のママじゃない」

「オーブリー……さん？」

「まったく……脳みそが炭になったのか？」

オーブリーは少し怒ったように言いながらも、シロにティーカップを手渡した。

鮮やかな明るい水色《すいしょく》の紅茶に、シロの顔が映っている。

額に、微《かす》かな火傷《やけど》の痕があるのを見て、シロははっとした。

「お、俺、何日寝てたんですか⁉」

「五日」

「奥様は⁉」

「無事だよ。スゥも、墓守も、子供たちも」

「よ……良かった」

ほっとしたシロの手が震え、危うく零《こぼ》してしまいそうになったカップをオーブリーが取り上げた。

「本当に、良かった……」

シロはそのまますずるずると、またベッドに沈んだ。

ぱりぱりの白いシーツ、リネンから薫るかすかなラベンダーの香りと紅茶の香り。

最初にここで目覚めた時と同じ白い天井。

ほっとしたと同時に、シロに失意が覆《おお》い被《かぶ》さってきた——ああ、また死に損なってしまった。

「……火だるまだった」

思わず目を伏せ、溜息をついたシロに、オーブリーが呟《つぶや》くように言った。

「助け出した時、既に指先は炭化していたし、背骨も肋骨も折れていた」

「うへ……そんなに、ですか。酷いな……」

今はすっかり治っているとはいえ、自分のそんな怪我《けが》の話は聞きたくないものだ。

シロが苦笑いでぼやき返すと、オーブリーは険しい顔でシロを睨んだ。

「そうだ。酷かった……傷が早く治るどころか、人間はあの状態では助からない——君は何者だ？」

当然の質問だ。いや、もっと早くされるべきだった質問。

覚悟していたはずなのに、実際に聞かれると、シロの心はますます沈む。

「さあ……なんなんでしょうね……俺だって知りたいです……」

——ああ、これで終わりだ。ここも追い出されるんだ。

変わり者ばかりだけれど、なんだか憎めない使用人たちと、月の女神のような奥様。

自分で思っていた以上に、ここで働きたいと思っていたのに驚きながらも、シロは深く溜息を洩らした。

「……生まれつきです。母は病弱な人だったのに、俺だけ変だったんです」

そうしてシロは話した。

偽《にせ》貴族に騙《だま》され、街の花売りに身を堕《お》とし、ボロボロになって春をひさいでいたというのに、また再び貴族を名乗る男と恋に落ち、大きなお腹《なか》を抱え、一人路地裏の貧しい長屋に流れついたという母のことを。

そして体の大きな赤子を産み落とした母が、そのせいで死にかけたこと。

なんとか一命をとりとめた母の乳を、命を、健康で大きな赤ん坊が容赦なく吸い上げたこと。

お陰でシロが立てるようになる頃には、母はもうほとんど床から起き上がれなくなったが、それでもシロはすくすくと育った。

気立てが良く、力持ちで、母を大切にする小さなシロを、長屋の人たちはとても可愛がってくれた。

細い灯火《ともしび》をなんとか灯し続けていた母親が、とうとうその息を引き取った時には、長屋の住人もシロの怪力や、異常な回復力に気が付いていたが、その頃にはもうすっかり情が移っていたのだろう。

シロはみんなの『息子』だったのだ。

「長屋の人たちは、それでも俺のことを大事にしてくれたんです。俺もみんなの事が大好きで——でもあの日、俺が変だって聞きつけた役人が、俺を捕まえに来ました」

騎士と警邏《けいら》と神父たちがやってきて、シロを探したが、長屋の住人はすぐにシロを逃がし、安全なところに——貴族のお屋敷に奉公に出したのだ。

「でもそのせいで、長屋には火が放たれて……全部俺のせいです。母さんだって俺のせいで死んだのと同じなのに」

長屋の住人はある者は焼け死に、ある者は反発して切り殺され、ある者は投獄された。

なんとか逃げ延びた者もいたというが、その先彼らがどうなったかはわからない。

みんなちりぢりになって、行き場をなくし、貧しさの中で死んだ者もいただろう。

そもそも母だって『シロ』を産まなければ、もっと長く生きられたかもしれない。

なのに自分だけ助かってしまった。

「一番悪いのは俺なのに……」

シロは両手で顔を覆うようにしてうつむき、苦々しく声を絞り出した。

「だからといって他の命の埋め合わせは出来ないわ」

凛《りん》とした声が響いた。

「あ……」

「人にプロメテウスの火は灯せないように、貴方の命を犠牲にしても、失われた命の償いにはならない。命は復讐《ふくしゅう》の対価にはなり得ても、贖《あがな》いにはならないのよ」

そうきっぱり言ったのは、ゆったりとした紫のティーガウンに身を包んだ奥様だった。

「奥様……」

整ったその美しい顔には火傷もなく、ガウンの下はわからないまでも、どこかが傷ついているようには見えない。

銀色の髪に焦《こ》げあと一つない事に、シロは心から安堵し、泣きそうになった。

『『奥様』じゃないわ。のんきな事を」

けれど怒ったように、奥様はシロの鼻をつまむと、強引に上を向かせた。

「いいこと？　わたくしはお前に『守りなさい』と言ったのよ。代わりに死ねだなんて言っていない」

「でも奥様——」

「でもじゃない！　強くなるのでしょう？　わたくしの為に。あの約束は嘘だったのですか⁉」

「い、いいえ！」

アメジストの双眸《そうぼう》を怒りの形に歪《ゆが》めた奥様に叱《しか》りつけられ、咄嗟《とっさ》にシロは背筋を正した。

「だったら――生きなさい。わたくしのニワトコ《シュロー》。貴方にそう望んだ人たちがいるのよ。投げ出してしまう弱さを、わたくしは許さない。わたくしの側《そば》に弱いものは必要ない」

きっぱりという奥様の後ろには、オーブリーといつの間にかスゥがいた。

大罪を背負って主人が処刑されてもなお、主《あるじ》を守り続ける侍従と孤高の奥方。

彼らはまさしく強いのだろう。

「……でも、強くなったとしても、俺は――」

もしもまた、ここも故郷の長屋のようになったら？

そんな不安がシロの脳裏を過《よぎ》った。そもそも普通じゃない自分を、奥様は雇うというのだろうか？

そんな言い淀《よど》んだシロを見て、奥様は仕方ないというように溜息を一つついた。

「多分――狼男《リカントロープ》よ」

「え？」

「あなた」

「へ？　お、俺が……？」

一瞬何を言われたのかわからずに、シロがぱちぱち瞬《まばた》きをすると、奥様は一冊の絵本をシロに差し出した。

「最初は妖精の取り替えっこ《チェンジリング》かと思ったけれど、先祖返りという方が正しいのかしら？　でも獣の相は薄いから、たぶん何代も何代も……うんと前の古い血――だから言ってるでしょ？　夫は神秘学を研究していたのよ」

だからといって、急にそんなことを言われても……シロは困惑した。

そんなシロを尻目に、奥様はシロの膝の上に絵本を置き、綺麗《きれい》に磨かれた爪でページをめくる。

そこには人間のように二本足で立つ、狼《おおかみ》の騎士が描かれていた。

「この国にはね、白狼《はくろう》の伝説があるの。王族を守った白い狼……貴方のお父様は、本当にこの国の貴族だったのかもしれない――おそらく伯爵家《アール》よ」

「そんな……まさか」

「そのまさかよ。この国の貴族階級は五つ。中でも最も古い爵位は旧伯爵《アール》なの。公爵も侯爵も中央の国や西の国から渡ってきた称号よ。そして伯爵家《カウント》でも新家ではなく、ヴァーンベリ家のような旧家《アール》の家紋には、みな狼が描かれている。彼らの祖を辿《たど》ると、白い狼に行きつくと言われているから」

そう言って奥様は胸元に忍ばせていた、男性ものの指輪を取り出した。そうして燭台《しょくだい》の蠟燭《ろうそく》を取り上げ、絵本の背表紙にとろとろと蠟を垂らして指輪を押し付けると、固まった蠟の上に立派な家紋が浮かぶ。

それは互いの尾を咬《か》む二匹の蛇に囲まれた、雄々しい狼の紋章だった。

「じゃ、じゃあ……母さんは、騙されていたわけじゃなかったんですか……？」

母を愚かだと思いたくはなかったし、そうではない事を願いながらも、けれど母は騙されていると、シロは思っていた。

「少なくとも身分は確かだったのでしょう。遠い西の国まで、貴方とお母様を迎えに行けなかったことを、今でも後悔していらっしゃるかもしれないわ……だから、生きるのを諦《あきら》めるのは、少し早いのではなくて？」

奥様はそこまで言うと、シロのおでこに指を這《は》わせた。

「……この調子なら、明日には傷跡も消えてしまいそうよ。良かったわ。身長も高く、顔も綺麗なフットマンはなかなか見つからないから」

「まさかこのまま俺を雇うんですか……？　人間じゃないかもしれないのに、俺を……追い出さないんですか？」

ますます驚いた表情のシロを見て、奥様はふふふ、ではなく、あははと声を上げて笑った。貴婦人というには幼い少女のような笑い方だったが、シロにはとても眩《まぶ》しく見えた。

「いらっしゃいレベッカ。キャンディをあげるわ」

奥様が廊下に向かって声をかけた。

ややあって愛らしい、少女ドレスに身を包んだ、動くビスクドールのようなベッキーが現れた。

教会で会った時よりも綺麗に巻かれた金髪は日の光の下で金色に輝き、その目は晴れた日の海の色に似ている。

「ベッキー……？」

「いいえ、『レベッカ』よ。夫の遠縁の——そうね、姪《めい》かしら？」

白々しく言いながら、奥様が少女にキャンディケインを渡す。『レベッカ』は奥様の横に行儀良く座って、静かにキャンディケインを食べ始めた。

まるで小動物のようにキャンディを食べるレベッカの愛らしい姿を眺め、奥様はにこにこした。

「でも……復讐……は？」

言うべきではないかもしれない。けれど、それでも罪悪感を飲み込みきれなくて、シロがおずおず奥様に問うた。

「……そうね」

その質問に、奥様は苦笑いした。

「ヴィクターはたくさんの血を流し、自らの命すら捨ててエリザベス・フランクストンを蘇らせた……けれど実際にあの男が成し遂げられたことは、妻と息子の死体を切り刻み、ただ小さな少女を傷つけただけの、悪趣味なジグソーパズルよ」

少なくとも『レベッカ』の体に宿る魂は、ウィリアムでもエリザベスでもなく、『ベッキー』のものだ。

「わたくしね、エリザベスのこともだーいっ嫌いだったの。気位ばっかり高くて、意地悪で、いつも厭味《いやみ》なことばかり……だからわたくしがこの子を全く別人に、良い子に育ててやるわ――あはは！　ざまあみろ」

本当に楽しそうに、嬉しそうに奥様が笑った。花が咲くような笑顔だった。

シロがほっと安堵の息を吐くと、オーブリーが改めて紅茶を渡してきた。

たっぷりのミルクと上等な紅茶が体に染《し》み渡る。

シロは確かに、自分が生きているのだと感じた。

美味しそうに紅茶を飲み干すと、オーブリーが「その分しっかり働いて貰《もら》うよ」と耳打ちしてきて、シロは震え上がった。

XIX

あの夜教会で起きたことは、結局『ただの火事』という事で片付けられた。

夜、燭台の火が燃え上がり、大人たちはみんな焼け死んだのだ。

唯一《ゆいいつ》生き残り、子供たちを逃がした修道士も、結局二日後に息を引き取った。

彼のお陰で救われた子供たちは、街の数ヶ所の教会や新しい家庭に引き取られた。教会は春に建て替えられ、また別の神父が来ることになった。

今度はよい神父が来てくれるといい――そう言ったシロを奥様が笑った。

「伴侶《はんりょ》であれ神様であれ、一つのものに心身を捧《ささ》げる人間に、まともな人などいやしないわ――わたくしのようにね？」

だとしても、あの教会で神父が子供たちを苦しめていた事実は許せない。

けれどどんなに声を上げようとも、きっと信じては貰えないだろう。

自らが生み出した怪物に殺されたフランクストン男爵の死も、苦悩の上の自死ということになっている。

きっとこのまま忘れ去られ、なかったことにされてしまうのだ――山の中の教会で起きた悲劇など、誰も思い出しもしないだろう。

「ほら、忘れ物だ」

カカシの元を訪ねると、置いていったシロの荷物は、そのままそっくり残されていた。

「あ……ありがとうございます」

てっきり全部売り払われていると思っていたのに――カカシはシロの考えを見透かしたように頭を振った。

「お前のことだ。理由もなしに消えたりしないし、戻ってくると思ったんだ――お袋さんの形見なんだろ？　これからはちゃんと肌身離さず持ち歩けよ」

「そうします」

神妙に頷いて、鞄《かばん》を大事そうに抱えたシロの頭から爪先《つまさき》までを、カカシはしみじみと眺めた。

「……立派な姿じゃないか。似合ってるよ」

「そうですか？」

「ああまったく、お前の鹿肉が恋しいよ――もし屋敷をクビになったら、いつでも帰ってきていいからな？」

「クビは嫌ですよ。でもまた鹿を獲《と》ったら持ってきます……俺もカカシの糠鰊《ぬかにしん》のスープが恋しいから」

「あんなの、いつだって作ってやるさ――お前が元気でさえいてくれたなら」

それまでは機嫌良さそうに笑っていたカカシが、急に真顔になった。

「……本当に無事で良かった。酷い火傷をしているようだったから……」

「あ、ああ！　実はそうでもなかったんですよ！　全部煤《すす》だったんです。ほら、この通り」

「ふうん……」

シロは自分の体に火傷がない事を、しっかり見せつけるように両手を広げて見せた。

カカシは半信半疑の表情でシロを見た。

「あの修道士さんと、ベッキーの兄が、守ってくれたんですよ」

「……そうか」

二人の名を聞いて、カカシは視線を落とした。言い訳ではあったが、シロは嘘《うそ》を言っているわけでもない。

そんな話をしながらカカシの家を出ると、名前を呼ばれたと気が付いたレベッカが、シロの足にトトトと駆け寄ってしがみついてきた。

「教会は建て直しですか」

墓地の向こう側。いつも見えていた教会は燃えて真っ黒に崩れ落ちている。

「ああ、すぐに大司教区から新しい神父がやってくるだろうさ」

期待もしない口調でカカシが言った。シロがレベッカを抱き上げると、カカシの案内で三人で墓地を歩き始めた。

「……ベッキーの兄は、貴方が助けてくれたんですね」

「…………」

少年は息を引き取る前、墓守に助けられたと言っていた。シロが恐る恐る問うと、カカシはまた俯《うつむ》いた。

「……最初はただ死体が欲しいと言われたんだ。神父の知り合いの医者が、病の研究のために子供の死体を欲しがっているんだと。だから葬儀の後、こっそり子供の死体は埋めずに、横流しをするようになった。その合図があの鐘だったのさ」

そういうのは珍しくないんだ、とカカシは苦笑いで答えた。医者は人の体を知るために、死体を解剖したがるが、このウーシュケの法律でそれは禁じられている。

だからお金のある医者たちは、教会や墓守を買収して、秘密裏に死体を手に入れる。だがそれも医術の発展の為《ため》には仕方のないことだ。暗黙の了解のように、どこの墓地でも行われている事だとカカシは言った。

「けれど、やがて俺以外に、深夜に鐘を鳴らす奴《やつ》がいるのに気が付いた。子供の死体はないのに――だからこっそり覗《のぞ》いて知った。神父は教会の子供を眠らせて、生きたまま誰かに渡しているってね」

墓守は善良な男ではないが、悪い男では無かった。

だから彼はタイミングよく墓地に子供の亡骸《なきがら》が運ばれた時は、死体と『生贄《いけにえ》』をすり替え、何人かは子供を救って逃がしていたのだった。

ベッキーの兄は、そうして助かった子供だったのだ。

でも彼は妹を置いてはいけなかった。

時々戻って来てはひっそりと妹を見守っていたのだ。

路地裏の子供たちはスキーが上手《うま》い。彼もベッキーを乗せた馬車を追って、妹を助け出そうとしたんだろう。

けれど奥様がベッキーを預けた診療所が襲われ、助け出そうとしていた少年ごと、ヴィクターの手下は子供たちを攫《さら》っていったのだった。

そうしてヴィクターはベッキーの体に妻を、我が子の一部を移植し、妻の蘇生《そせい》を試み——とうとう『怪物』が生まれた。

怪物は、愛する妻が戻ってきた事を喜ぶヴィクターを、迷わずひねり潰《つぶ》した。

妹が変わってしまったとしても、少年は彼女を最後まで見捨てる事が出来なかった。

けれど心に眠る憎悪の衝動から、ベッキーが教会を襲うのに寄り添うには、人間である少年の体は脆《もろ》すぎたのだろう。

少年は最後まで妹を守ろうとしながら、教会で息絶えたのだった。

今は墓地の外れ、大きなイチィの木の前で少年は眠りについている。

「助けてあげたかった。君も」

木で作られた簡素な墓標に手を合わせながら、シロが呟いた。

「結局、名前……聞けないままだったな」

最後まで名前も聞けないまま逝《い》かせてしまった。墓標に向かって名前を呼んであげる事すら出来ない。

シロの頬に涙が伝った。


「テッド」


けれど不意にそう隣にいた少女から答えが返ってきて、シロは慌《あわ》ててレベッカを見た。

彼女は相変わらず人形のように、キャンディを手にぼんやり立っているだけだったが。

「……そっか。テッドか」

シロが呟いた。

まるで返事をするように、優しい大粒の雪が降り始めた。

終

ヴァーンベリ邸に戻る頃にはすっかり日が落ちていた。

「あ……おはようございます」

「お帰り」

使用人用のドアから中に入ると、眠たそうな顔をしたオーブリーが使用人部屋で新聞を広げ、顔も上げずにそっけなく言った。

「すみません。遅くなりました」

「うん」

シロはそのまま横を通り過ぎようとしたが、不意にオーブリーが長い足でその邪魔をしたかと思うと、困惑するシロの前に立ち、そしてシロの襟とタイを正した。

「すみません」

「…………」

オーブリーは返事をしなかったが、じっとシロを見た後、突然その真っ白な髪をくしゃくしゃにした。

「な、何するんですか!?」

「体はともかく、焦げていた髪も戻るなんて、君は面白いね」

ふふふ、とオーブリーは笑うと「ホールでスゥがツリーを用意しているから、手伝っておやり」と言って、また新聞を読むのに戻った。

相変わらずよくわからない人だと思いながら言われるままホールに向かうと、確かにスゥがホールに置かれた大きな木に、飾り付けをしているのだった。

踏み台を使いながらも、それでも上手く届かない高いところに、必死にスゥが手を伸ばしていたので、シロが後ろからひょいと、飾りを受け取って付けてあげた。

スゥはシロに『おかえりなさい』も『ありがとう』も言わず、ただ『これも』と言うようにオーナメントの入った箱を突き出してくる。

スゥも相変わらずのスゥだ。

「……オーブリーさんてさ、なんかちょっと距離が近くない？」

ややスキンシップが多めというか、なんというか……。

「距離？」

「いや、なんでもない」

けれどスゥが怪訝《けげん》そうに聞いてきたので、シロは首を横に振った。よく考えてみたら、この二人が親しくしている所をあまり見たことがない。

そもそもメイドの体をベタベタ触る執事は、さすがにすぐに追い出されるだろう。

　まぁ、きっと悪い人じゃないんだろうな、と思いながら、踏み台に腰を下ろしてオーナメントを吊《つ》り下げていると、きれいな硝子《ガラス》製の星を手渡してきたスゥがぽつりと言った。

「……戻ってこないかと思ったからじゃ？」

「え？　俺が？　墓地から？」

　スゥがこくりと頷いた。

「貴方が眠ってる間も、ずっと心配してた」

「……オーブリーさんが？」

　怪訝そうに言うシロに、スゥは再び頷いた。

「そっか……」

　それならまぁ……いいか。悪い気はしないシロは、受け取った硝子の星を指で突《つつ》いてくるくると回した。

「……スゥは？」

「私が何か？」

「……いや、何でもない」

　失言だった。彼女が自分を心配しているとは思えない。

「二人とも戻ってきたのね！」

その時、シロとレベッカの姿に気が付いた奥様が、まるで子供のように階段を駆け下りてきた。

「聖なる夜にはプディングがあるのよ！　プディングよ！　プラムプディングなのよ！」

奥様は心底嬉しそうに言った。

プディングにこんなに喜ばれるだなんて……普段どれだけつましい食事を強いられているのか。なんとかしてあげなければいけないと、シロは心に誓った。

「あら、上着のままなのね。寒い？」

「すみません。部屋に戻らずに、帰ってきてそのままこっちに来たので」

「荷物を取ってきたんじゃなかったの？」

硝子製のキャンディケインを食べようとしているレベッカから、偽物のキャンディを取り上げながら、慌てて上着を脱ぐシロを見て奥様が不思議そうに言う。

「あ、はい。でも元々そんなに持ってたわけじゃないんです。元々捕まった教会から、ほとんど着の身着のままで逃げてきたので」

取り返せたのは、母の形見の品だけだ。西の国ではそれだけ摑《つか》んで船に飛び乗ったのだ。

そう言ってシロは大切な懐中時計をポケットから出した。古い懐中時計だ。貴族が使うにはやや簡素で、裏に『V』の文字が刻まれているだけの金時計。

「父から貰ったって聞いてます。どんなに飢えてても、母さんはこれだけは絶対に――」

その時、奥様の手から、硝子のキャンディケインが滑り落ち、カシャンと床で割れて飛び散った。

「奥様！　大丈夫ですか⁉」

慌ててシロとスゥで硝子を拾い、奥様が怪我をしていないか確かめる。

「奥様……？」

奥様は無事のようだったが、その顔色は真っ青だった。

「どうしましたか」

騒ぎに気が付いたオーブリーがやってくると、奥様は彼の腕にすがりつくようにしがみつく。

何をしたのかというようにオーブリーはシロを睨んだが、身に覚えのないシロは困惑した。

「いえ、ただ、母の形見の懐中時計を――」

シロがそう言ってもう一度時計を掲げて見せた。その時、奥様も震える手で、自分の腰に下げていた、金色の懐中時計を取り出して見せた。

「どういう……こと、ですか？」

「どうして？」

シロと奥様が同時に言った。

二人の持っている時計は、ぱっと見殆《ほとん》ど同じように見えたからだ――裏に刻印された、『V』の文字の筆跡さえも。

シロの頭から、ざあっと血の気が引いた。

「……ここに嫁ぐ少し前、夫は西の国に行っていたって聞いた事があるの」

奥様が低い声で言った。力なく。囁《ささや》くように。

「もしかしたら……貴方《あなた》のお母様を迎えに行けなかったのは、わたくしのせいかもしれない。わたくしがここに嫁いでしまったから」

「そんな……まさか……やめてくださいよ！　馬鹿《ばか》なことを言わないでください！」

シロが慌てて反論した。まさか、そんな――自分の父が、自分と母を捨てた貴族が、ヴァーンベリ伯爵《はくしゃく》であるはずがない。

「どうして？　何故《なぜ》そんな顔をするの？」

だのに奥様は不思議そうに問うた。

「どうしてって……」

「だってこんな……こんな嬉しいことはないでしょう？　夫に子供がいたのよ。しかも男の子が」

何を言っているのだろう？　奥様は。嬉しいはずがない。少なくとも奥様にとって……こんな残酷な事があるだろうか？　シロに喜べるはずもない。

シロが助けを求めるようにオーブリーを見る。

「……確証がない。エイブは気前が良かった。時計を他人に譲っていた可能性もあり得る」

オーブリーは険しい顔で冷静に言った。

「違うという確証もないでしょう？」

「信じるには早い」

「そ、そうですよ！　まさかそんな事あるはずないじゃないですか！」

二人で必死に反論したが、奥様は頑固に首を横に振った。そうして二つの懐中時計を並べ、二つ共を大切そうに自分の胸に押し当てた。

「でももし本当にシロがあの人の息子だったら……こんな嬉しい事ないわ。そうでなければわたくしが彼の名誉と爵位を取り戻しても、あの人のお弔いにも来なかった遠縁の見知らぬ誰かが『ヴァーンベリ』を継ぐことになる」

確かにこの家には奥様しかいない。

旦那《だんな》様と奥様、二人の間に御子がいない以上、爵位や財産を取り返しても、遠縁ながらも正統な血筋から選ばれた誰かが、この家を継ぐことになるだろう。

そこに奥様の居場所があるかどうかもわからない。

「でも……だからって……」

「そうだ。これは大切なことだよ。答えを急がずに慎重に調べよう……少なくとも子供の話は、私ですら聞いた事がないし、エイブがそんな大切なことを、私に隠すとは思えない」

「本人も知らなかったのかもしれないでしょう？」

「…………」

本当に冷静なのはどちらだろうか。奥様が静かに言ったので、とうとうオーブリーも反論できずに黙ってしまった。

「ね？　だから……これは本当に喜ばしいことだわ。そうよ、シロ。貴方さえ嫌じゃなければ、今日からわたくしのことは母と――」

「やめてくださいよ！」

とうとう我慢が出来なくなったように、シロが声を荒らげる。

「奥様は、奥様です。そんな……そんな筈《はず》ないです。それに喜ばしいなんて……泣いてらっしゃるじゃないですか……」

「え……？」

奥様は笑っていた。微笑《ほほえ》んでいた。嬉《うれ》しそうに。

けれどその両頬には、確かに涙が伝っていたのだ。

奥様はシロに言われて初めて気が付いたように己の頬に触れ、涙で濡《ぬ》れた指先を見て——両手で顔を覆い、部屋に走っていってしまった。

「奥様！」

その後ろをスゥが慌てて追いかけていく。

走りはしなかったが、レベッカもコトコト小さな靴を鳴らして、二人の後を追っていった。

シロは急に足の力が抜けたように、床に座り込んだ。

「こんな……こんな筈じゃ、なかったんです。俺、本当に」

「あの子を傷付ける者は許さない。嘘をついたら、その首を切り落とす」

「わかってますよ！」

冷ややかにオーブリーに言われて、シロが叫ぶように反論した。

当たり前だ。傷付けたい訳がない。それにこんな事になるなんて思ってもいなかったのだ。

けれどそんなシロの前にオーブリーはしゃがみ込むと、不意に悲しげな表情でシロの顔を覗き込み、前髪を指で払った。

「……他人のそら似だったら良かった」

「え?」

「微笑んだ時、困った時、痛がってそうやって少しだけ目を細める時だ——君は、若い頃のエイブに似ている」

オーブリーが掠《かす》れた声で言った。

「そんな……」

そんな事聞きたくなかった。シロは目の前が暗くなったような気がした。

いつだってそうだ。

いつもそうなのだ。

ここにいたいと思うたび、人生はシロから居場所を奪おうとする。一番残酷な形で。

だけど決めたのだ。強くなるのだと。

他でもなく奥様のために。

「いいえ、そんな筈ないって、絶対に証明してみせます」

きっぱりとそう言って、シロはオーブリーの手を振り払い、立ち上がった。

五星城の悲劇
<small>アストルム　　　トラゴエディア</small>

イゾルデ公女を失って以来、星形の湖の上に立つ美しき五星城《アストルム》は、冬よりもなお凍《い》てつくような冷気に包まれていた。

城中のあらゆる布地はログウッドで漆黒に染められ、城内は暗い静寂に沈んでいる。

北の公国の女王プリシラは、その日も医師と侍女たちによって無理やり食事を飲み込まされた後、亡《な》き公女の肖像画の前で暗澹《あんたん》たる午後を過ごしていた。

我が子を失って半年が過ぎても、まだその深い悲しみの檻《おり》から自分を救い出すことが出来ないでいるのだ。

五稜《ごりょう》の星の東の切っ先、イゾルデ公女が使っていた部屋は、今は釘《くぎ》を打ち付けて閉ざされてしまった。

まるで女王陛下の魂も、一緒に捕らえられているようだ。今やこの城は女王の大きな棺《ひつぎ》だった。

だからこそ、その姫は城内に優しく差し込む春の日差しだった。

彼女が普段、五星城《アストルム》ではなく東の居城で過ごしていることを嘆く女官もいただろう。笑うことすら禁じられた暗い城内で、一際《ひときわ》明るく輝くヴィクトリア公女の訪れに、女官たちはほっと安堵《あんど》した。

まるで色彩を失ったような、モノトーンの城内で、鮮やかな赤と金のドレスを翻《ひるがえ》し、ヴィクトリア公女は母を見舞った。

「お母様！」

「ヴィクトリア……」

プリシラ陛下は一層血の気を失ったような、青い顔で姫を迎えた。

「まあ！　また少しお痩《や》せになったみたい……お顔色も悪いわ」

そんな母の顔を見て、ヴィクトリア公女はうる……と青い双眸に涙を浮かべると、すっかり小枝のように痩せて節くれだった母の手を優しく取った。

「ああ！　なんということでしょう！　このままではお母様までどうにかなってしまいそうで、ヴィクトリアは心配です。どうか早く元気を出してくださいませ」

「ヴィクトリア……わたくしは――」

プリシラ陛下が震えるような、掠れた声を洩《も》らした。

ヴィクトリアの口元が、にぃ、と笑みの形に歪む。

「……だからね、今日はお母様が少しでも楽しいお気持ちになれるように、わたくし、聖歌隊を連れてきたのよ。教会で孤児を集めたの」

「孤児を？」

「ええ！　お母様のせいで親を失って、死にそうになっていた子供たちをたくさん集めたの。みんなお母様を喜ばせるために歌を覚えてくれたのよ」

「……………」

俯いてしまったプリシラ陛下とは対照的に、ヴィクトリア公女の顔には笑顔が浮かんでいる——いつだってそうだ。この笑顔こそが、この国に春を取り戻す聖処女《スノー・ホワイト》ヴィクトリアの性分であり本分なのだ。

「お姉様はお歌がとても上手だったでしょう？　お母様もお姉様が歌われるのを、いつも嬉しそうに聞いてらっしゃったから——だからね」

そう嬉しそうに弾んだ声で言うと、ヴィクトリアは廊下を振り返る。

「みんないらっしゃい」

公女が声を掛けると、ぞろぞろと小柄な人影が、部屋に何人も入ってきた。

「ひっ」

途端にプリシラ女王は悲鳴を上げて慄《おのの》いた。

「あら、なんてお顔なさるの？　お母様」

母の顔を見たヴィクトリア公女が、さも残念そうに、悲しそうに眉根《まゆね》を寄せる。

美しい公女の後ろには、子供たちが整列していた。

みなベロアの上等なドレスやスーツに身を包んでいる——が、その顔には醜怪なお面が被《かぶ》せられていた。

「あ……あ……あ……」

女王がわなわなと震え、声を洩らした。

子供たちが被ったお面はみな同じ物だ。

苦しげに口を開いて舌を出し、眉は歪み、頬が膨らみ顔が浮腫《むく》んでいる。両目はこぼれ落ちそうな程に見開かれ——いや、本当にこぼれてしまいそうなほど突き出ている。

子供たちは全員そんな恐ろしい仮面を被せられていた。

それを振り返って、ヴィクトリアは満足げに微笑んだ。

「どうかしら？　お母様。亡くなられた可哀想《かわいそう》なお姉様を、お母様がいつでも偲《しの》べるように、亡くなった時のお顔の型をとっておいたの。これはその型を元に作った仮面よ。子供たちみんなに被って貰ったの——どう？　嬉しいでしょう？」

にこにこ、にこにこ、嬉しそうに言ってヴィクトリアは母の手をまたぎゅっと握った。

女王陛下の手は恐怖に——或《あ》いは絶望にかたかたと震えている。

「ほら……笑って、お母様——『笑え』」

ヴィクトリアの手に更に力がこもる。母の指を折らんばかりに。

女王陛下が無理矢理口角を上げる。

それを見て、ヴィクトリアの顔はますます嬉しそうな天使の笑顔になった。

「さあみんな、陛下の為《ため》に歌って頂戴《ちょうだい》！　この暗ーいお城の中に、天使の歌声を響かせて！　天国にいらっしゃるお姉様にも届くように！」

さん、はい！　と子供たちに合図を送ると、亡き公女の死に顔で作った仮面の下で子供たちが歌い始める。

イゾルデ公女の大好きだった曲だ。

「ああ……ヴィクトリア……あなたという人は……」

光り輝くような聖処女が笑うその隣、悲劇の女王は絶望にすすり泣いた。